目次

かか

かか

そいはするんとうーちゃんの白いゆびのあいだを抜けてゆきました。やっとすくったと思った先から逃げ出して、手のなかにはもう何も残らん、その繰り返し。

幼少の時分、うーちゃんは湯船に一疋《いっぴき》の金魚を飼っていたことがあるんです。いんや、縁日ですくいとったんでも、誰かからゆずり受けたものでもないんよ。まあ果たして飼っていたと言えるんか否《いな》かも、今となっては甚《はなは》だ怪しいところではあるんです、なんせほんの一瞬のことでしたから。そいはただ湯船にぽっかし浮かんでいました。深い赤のからだは窓から差す午後の光に透けて、お湯に浸かったうーちゃんの太腿《ふともも》に影を落としています。お祭りの金魚すくいでもらうあの虫眼鏡みたいなやつはないかん、うーちゃんはこう、まるっこい手をくるりくるりとやって捕まえようとしるんですが、金魚はそのたんび器用に逃げ出しては嘲《あざ》わらうように沈んでゆきます。

幼いうーちゃんはむきになってそいを追っかけました。なかなか捕まらんかったけんど、お椀形《わんがた》にした両の手のひらを天に向け真下からそうっとすくいあげると、幾度目かの試みで成功したんです。満足でした。両手がふさがっとるんでひと苦労でしたが、うーちゃんは精いっぱい足を上げてどうにかこうにか湯船から出ると、はだかのまんま明子《あきこ》のもとへ走りました。当時一緒に住みだしたばかりのこの従姉《いとこ》の、驚く顔が見てみたかったかんです。

そいは突然のことでした。頭を力いっぱいぶたれたのです。あんまし突然のことに、うーちゃんは声をうしなってしまって、泣くこともできずにぽかんと明子のことを見上げるばかしだったんですが、思わぬことに明子の方が泣き出してしまいました。六つも離れた従妹に惜しげもなく憎しみを注ぎ込む明子の目頭から、声もなく涙がひとすじ滑《すべ》り落ちてゆくんを、はだかのうーちゃんは不可思議に思いました。

あんとき明子が怒ったわけを、うーちゃんは後年、自分に初潮が来るときになって漸《よう》く知りました。女の股から溢《あふ》れ出る血液は、ぬるこい湯にとけうつくしい金魚として幼いうーちゃんの前に姿を現したんです。

かかもきっと、あの金魚を見たことがあるんでしょう。どう思ったんか知りたいのに聞けんのがなんだか悔しくて、あのうつくしい金魚がにくらしくてたまんないような気いしました。

＊

いきなし妙ちきりんな告白から始まってごめんだけど、うーちゃんは体毛を剃《そ》るのが下手です。はじめてかかのカミソリあててみたときなんかは、何もつけずにしたせいで当然のごとく肌を傷つけ赤《あか》こい線をつくりました。今ではさすがに泡あわ使うし怪我はしんけど、十九歳になったところでむつかしさはかわらんもんよ。

昼下がりの浴槽は、湯もはらないのにお日さんの光をふちギリチョンまで溜《た》めています。下着を脚からぬきとってすっぽんぽんで傍《かたわ》らに立って、ふくらはぎのあたりから冷気が這《は》い上がってくる段階になって、うーちゃんはいつも後悔します。シャワーが温水に変わるまではだかで待たなきゃならんかんね。鳥肌のぞわ立つ尻だの腹だのを晒《さら》したまんま、冷たいしぶきが身体《からだ》にかかってしまわんようへっぴり腰になって、かつ、急速に床を浸食する水溜りになるたけ触れないよう爪先立ちでシャワーの首を掴《つか》んでいるさまは誰が見ても滑稽《こっけい》でしょう。シェービングフォームの缶をぷしゅりとやって濡らした手のひらにとり、指先からのっけてまんべんなく全身に延ばして、均等に厚さ五ミリぐらいの白い泡あわが覆《おお》うようにしてからはじめてカミソリを滑らしるんです。特にたいへんなのは指や腕で、柔《やわ》こい体毛は一、二度滑らした程度ではいなくなってくれません。

これは女になる儀式のようだとうーちゃんはいつも思います。わざわざ刃をあてて柔こい肌のぞかすのが少しばかし後ろめたいような気いするんです。スカートのウエスト何回もおりまげてお尻見えるくらい短くしてた中学や高校の同級生と同じようなことやってる気いして厭《いや》なんけど、そいでもほったらかすとよけい惨めになるだけだかん、ただ黒いのを除《の》けることに集中するしかないのんよ。

そいからね、女や俗世とさいならする出家とはまったく逆ではあるんけど、同じ「剃る」であるというだけでいつも古典のI先生にならった歌が浮かび、それがおかしいんです。おまいは最近しゃんと高校に通っていないかんはっきしわからんかも知らんけど、たしか出家をしようとした女が詠んだ歌です。あらそへば思ひにわぶるあまぐもにまづそる鷹《たか》ぞかなしかりける、出家のあかしとして髪を「剃る」ことと息子が放った鷹が空高く「逸《そ》る」ことが掛かっているらしいけんど反芻《はんすう》するたびなぜだかバリカンぶいぶいいわして頭を剃っている女のイメージが浮かんでしまうんだから困ります。

普段より執拗《しつよう》に、カミソリ負けの痛みに顔しかめながら黒いのがまったく見えなくなるまで滑らしました。髪や身体をしゃんと洗ったあと、剃りきれていないしぶとい毛を毛抜きで完全に抜いてやり、ひらいて赤こくなった毛孔《けあな》を冷水でしめ、化粧水をたたき込んで乳液を垂らした手で入念にマッサージする、誰に見られるわけでもないぜんぶ自分のための徹底的な準備だったかん、その意味では本来の意味での剃髪《ていはつ》に似ていたかもしれません。普段より数時間早い九時五分頃に布団に入り、四時半に目覚ましを設定して眠りました。

うーちゃんには昔から自分のなかにだけ通じる不文律があって、そいは法律や世間にある倫理観なんかとはぜんぜんべつの規則性をもって自分自身を支配していいます。出立《しゅったつ》は誰にも見られちゃならんと決まっていて、出発準備の途中に誰かが目を覚ました瞬間に旅は失敗に終わる、そいして言い聞かしながら眠りについたはずだったんにもかかわらず、起きたんはかかがホットケーキ作っとる最中にボウルひっくし返した音が響きわたったときでした。六時でした。みっくんはそんときベッドのなかでおねむさんだったかん記憶はさっぱしだと思うけど、かかに促《うなが》されて寝ぼけたおまいにちっこく声かけたとき、なんでよりによって今日寝坊したんだろうとうーちゃんはずいぶん落ち込んでいたんよ。

朝食用意してもらうつもりなんてなかったんに、かかは毛玉に覆われたパジャマのまんまお腹と足もとに粉をまき散らしてぶうたれとりました。

小学生の頃、初めての宿泊体験で離れるんはいやだと泣いとるうーちゃんにお守り作ってくれてから、かかはうーちゃんが遠出しるたんびに何かしらのサプライズをしてくれました。おまいは一緒に作ってもらったあのヘビだか龍だかわからんお守り早々になくしてたけんど、うーちゃんの宿泊用リュックサックには今でもフェルトのうさぎがくっつしてあります。何度かお弁当に手紙が入っとったこともあったし、ひみつにマフラー編んで用意してくれたこともあります。

中学に入って合宿とか増え始めたあたりからそいなことは減ったけんど、あの頃のことを急に思い出したんでしょうか。

「かか、そいうーちゃんに焼いてくれようとしたんの」とボウルを拾いながら聞くと、口引き結んだまま喉《のど》の奥でうんと言います。

「だいぶ残っとんね」

「ちっこいのしかできん」べそをかくように言うかかに「そんな食べきらんし、いいよ、残ったので作ってくれん」と言って、干してあったタートルネックかぶりました。

床にはまだかかの昨夜の痕跡が其処此処《そここ》に残っていて、椅子や新聞やビール瓶の破片が転がってるんですが、毎度のことながらかかは昨日の大暴れを殆《ほとん》ど覚えていず、部屋の惨状《さんじょう》も目に入っとらんと見えます。ふだんおとなしいかかが、いっぺん酒を飲むとひょうへんすんのはおまいも知っているね。破片で切った素足には乾いて黒ずんだ傷がついとったけど、数分も経つと材料混ぜるかかから「チョコソースにしとくねえ」と上機嫌な声が届いたんで痛みなどは気にしてもいないんでしょう。もしかすると抜けきらん酒のおかげで痛みすら感じとらんのかも知れん。しょっちゅう飲んで暴れるんで、家のなかは酷《ひど》いありさまでした。

寝床の充電ケーブルに刺さっている携帯、防水スプレーを吹きかけて干していたレインコートを詰めて、かかの生焼けのちっこいホットケーキをふたつ、ラップにくるんで、うーちゃんは靴を履きました。雪が降っても滑らないといいうんで奥から引っ張り出してきた編み上げ式の黒《くろ》こい靴はちっこすぎて爪先が当たってしまうということに気いついたけど、もう時間もないかん、しょおなく履いていくことにします。

イッテラッシャイモス。うたうような声がして、しましま模様の毛糸のパジャマに身を包み前髪を少女のようにばっつし切ったかかが立っていました。怪我した素足を冷《ひ》やこい玄関の床にぺたしとくっつして柔こい笑みを赤こい頬いっぱいに浮かべています。かかが昔早朝から仕事に出ていたときのように、うーちゃんは本来であればイッテキマンモス、と答えなくちゃいけんかった。でも答えませんでした。このトンチキな挨拶《あいさつ》はむろん方言でもなければババやジジたちの言葉でもない、かかの造語です。「ありがとさんすん」は「ありがとう」、そいから「まいみーすもーす」は「おやすみなさい」、おまいも知ってるとおり、かかはほかにも似非《えせ》関西弁だか九州弁のような、なまった幼児言葉のような言葉遣いしますが、うーちゃんはそいをひそかに「かか弁」と呼んでいました。おまいは都内の中学校入ってからあんまし使わんくなったし、うーちゃんも家のなかだけとはいえ恥ずかしくって使わんようにしてた時期もあるんけど、結局「おまい」ていうこの二人称ですら「かか弁」なんだから参ったもんですね。

　かかはとある手術を翌日に控えていました。旅の出発日は入院日でもありました。それを放り出して旅を計画したうーちゃんをおまいは決してなじることはありませんでしたが、なんでそいなタイミングでうーちゃんがひとり旅立ってしまったかおまいにはよく把握できていなかったはずです。かかが家にいないあいだは当然家事やかかの世話をする必要があったけんど、まさかそれがいやで逃げ出したんではありません。うーちゃんには目的があった。ある思いと向き合うためです。そいをかかの入院期間中きっと大きな負担をかけただろうおまいに弁解しながら、あの旅をしていたのです。自分をしゃんと見極め、目的を果たすためには、旅に出る必要があったのです。

　みっくん、うーちゃんはね、かかを産みたかった。かかをにんしんしたかったんよ。

＊

幼稚園にいた頃の将来の夢はかか、いわゆるおかあさんになることでした。先生がかわりに書いてくだすった黄いろい短冊にかかより綺麗な字で「おかあさんになりたい」とあった記憶だけがみょうに残っています。顧問の先生に「母は」と言うとき、あるいは塾の友達に「おかーさんがさあ」と言うとき、うーちゃんはいつもどこかに「かか」を置き忘れてしまったような気いしるもんですが、そいなちっこい頃のうーちゃんが先生に対してはっきし「おかあさん」と使い分けたのか、そいとも「かか」と言ったはずなんに「おかあさん」に書きかえられたんかはもうあやふやです。

うーちゃんが小学校に入ってすぐの頃、ととは家を出ていきました。浮気が原因でした。いれかわるようにかかが仔犬《こいぬ》のホロをつれてきて、夏には和歌山に住んでいた明子がババとジジとうーちゃん一家のいるこの横浜の家に住まうようになりました。おまいも知ってのとおり、明子のかか、つまりうーちゃんやおまいの伯母にあたる夕子《ゆうこ》ちゃんが亡くなったかんですね。明子のととは海外出張の多いひとだったかん、しょおなかったたんよ。あれから十年以上経つ今もかわらんけど、彼女は一向気い抜いた様子を見せんかった。まるでもらわれてきたばっかしの仔犬同然です。そのひと月かふた月前に仔犬のホロが家に来たとき、おまいは「おなかみせないねえ」としきりに言ってケージの細《ほそ》こい隙間からむりくり指を突き出してホロの柔こい毛を触ってましたが、慣れない環境で敵に腹を見せないのは自然のことなんだそうです。明子は出かける予定のない日であっても朝五時には髪を綺麗に整えて洋服を着ているし、風呂は最後に入り、以降自室には誰も寄せ付けない生活をおくっていました。横浜の家はもともとかかのほうの実家だったかん夕子ちゃんの部屋があいてました。物置になっていたそこを明子が使うようになったんですが、うーちゃんが立ち入ったのは数えるほどしかありません。

夕子ちゃんの告別式、おまいは覚えているかしらんけど、うーちゃんにはいくつかのイメージがあるだけなんよね。棺《ひつぎ》に白い花を添えながら夕子ちゃんの頬を誰にもばれんよう中指の外ッかわでちょいと触れてみたときの存外に硬い頬の感触と、さいごに棺の小窓から夕子ちゃんを覗《のぞ》き込んだ明子が目を見ひらいたまま動かんくなって、ババが袖を引っ張ると明子はなで肩だったかん古風な黒いワンピースの襟《えり》がずれて貧相な肩が剝き出しになったこと、そいだけです。人の死にふさわしいだけのかなしみは葬儀場のなかにいるうちはまるっきし湧《わ》いてこんくて、ただ神妙にしねばならんという空気だけをたよりに黙りこくっていたんですが、そいが湧き起こったのは火葬炉に夕子ちゃんが入ったあとか或いはすべてが終わったあとか、とんかく裏手の川岸でふるい煙突《えんとつ》を見ていたときでした。

風のくらく鳴きすさぶ山に夕日がずぶずぶ落ちてゆき、川面《かわも》は炎の粉を散らしたように焼けかがやいてました。夕子ちゃんを焼いた煙は、柔こい布をほどして空に溶けてゆくように思われます。ひじを掻《か》きながらそいを眺めているうち、うーちゃんはまずもうれつな痒《かゆ》みに気いつき、かにに刺されたなあと思いました。よくかかやジジやババの言う蚊に刺されたという言葉が理解できんくて、そいのときのうーちゃんはまだ「か」ではなく「かに」のことだととらえていたかん、いつのまにあんな赤こいのがやってきてひじを突き刺していったんだろうなあと思いながらひっ掻いていました。

腫れたそいを爪でつぶすと、かかは「掻かんよ」と後ろから注意して、葬儀用の黒こい鞄《かばん》からムヒ出して塗りました。痒いとこと少しずれてましたがうーちゃんはなんも言いません。夏の風が山の頂上から川の対岸に茂った丈の高い草までをゆらして、最後にむわりとした草いきれを残して失速する、そのうるさいような匂いのなかにつんとしたムヒの匂いが入り混じって、もう明子がかにに刺されてもムヒを塗ってくれる夕子ちゃんはいないんだと思い、痒みはそっくしそのまま痛みになりました。

うーちゃんはもうそんな昔っから、他人を他人のまま痛がることができないんでした。身内はべつです。何も血縁さして言っているんではありません。身内っていうのは、身のうち、つまり自分のからだでしょう。うーちゃんは相手をからだに取り込んだときにだけ、そいを自分として痛がることができるんです。身内になってしまえば、自分のことだかん痛いのはとうぜんです。夕子ちゃんの痛みは感じられないんに、明子にとっての夕子ちゃんはうーちゃんにとってのかかだかん、たまらんく痛いんでした。

明子は、そいでも基本的にはうーちゃんの身内ではありませんでした。決定的にちがくなったたんは、明子が彼氏を家につれてくるようになった頃のことです。いっとうはじめの「やまけんくん」がきたときんことをうーちゃんは今でも思い出せます。

「やまけんくん」は身体のおっきな人で、声音《こわね》も表情もやさしそうなんにどこかこの家のトーンからは外れていました。家に上がると挨拶も早々に仏壇の場所を聞き出して手合わしました。ババはこの後もこの話を持ち出しては、後に明子がつくった数人の彼氏と比べて「やまけんくん」と落ち着けばよかったんだと繰り返しましたが、うーちゃんはこの「やまけんくん」がいっとう厭でした。ババによばれて二階から下りてきたとき、「この子がうさぎちゃん？」とかたくほほえんでいるその足許で黄いろのスリッパに幅広の足がねじこまれているんがまず目に入りました。ふだん誰も履いとらんのにお客にだけスリッパを用意するんはまあいいんですが、そいが昔中華街で買ったうーちゃんのもんなのが気になってしょおなくて、はい、と言ったきり挨拶はしんかった。みっくんは緑、うーちゃんは黄いろ、と買ってくれたもんで、たしかに今はぜんぜん履かんし懐かしいとさえ思うぐらいだったんけど、いざ知らん男に履かれるとなると急にそいが大切なもんに思われてくるから厄介です。それをだまって使わしたんかと思うと明子のことも信じられんくなります。

さすがに「やまけんくん」のようにいきなし畳の部屋に入っていく人はもういなかったけんど、その後に明子がつれてくる彼氏は全員うーちゃんやおまいの存在を知っていて、かかのことも明子の母親とまちがったことはありませんでした。明子がこの家族のことを悪《わる》こく言ってるんだろうというのがその男たちの反応からわかりました。明子がちょこちょこ、家族を困らすようなことしてたんはおまいも知っているでしょう。たといばホロのご飯をあげてないのにあげたとウソついてみたり（なんも食べないと黄いろい胃液を吐くんでわかります）、年賀状をかくしたり、かかの気に入っていた限定のリップを勝手に使ったり、ジジの誕生日を祝うカードを誰にも知らせんでひとりだけでつくって気まずい空気にさしたり、ひとつひとつは小さなことだったし家は学校ではないかん、みんなしょおないと考えていたけんど、うーちゃんはべつでした。課題図書が消えて明子をといつめたときも、ババは明子がとったんをわかっていながらうーちゃんを管理が悪かったと言って叱るんでした。あのスリッパも、今思えばわざと「やまけんくん」に使わしたんでしょう。そいでいて明子は外ではいじめっ子というわけでもないんですから困ったもんでした。

厭がらせばっかするんに、ババは明子をかあいがっていました。あたらしい男がくるたびに、彼氏をひんぴょうするんですが、最後には「明子を選ぶなんて見る目がある」と喉の奥ひらいておおわらいして、かかの運んできたお新香《しんこ》をお盆からとって、まるで自分がつくり、運んできたかのように明子の彼氏にすすめるんでした。そいして恐縮する男からグラスを回収しては、あいたかかの盆にのせてくんのです。かかがわらいながらそいを片付けるんをうーちゃんは立ち上がって手伝います。そのうーちゃんに向かって、ハイボール飲んで赤こい顔しながら「いいお嫁さんになりますねえ」と言ったのは、明子の何人目の彼氏だったか思い出せません。

大きな足を折りたたんで肩をゆするようにして、この家の茶碗と箸《はし》を使ってものを食べるくせに、男は明子と何度も外に泊まりにいきました。明子ぐらいの年になったらふつうなのかもしらんけど、うーちゃんはそいのときに食べるご飯がみじめでたまらんくて、大好きなバラエティ番組すら昔のように楽しめんのです。男の使ったうつわを泡あわたっぷしつけてこするんが悔しいのです。そいして、明子が外泊するたんび、ととがかかの彼氏だった頃の話をババに聞かされるたんび、うーちゃんはだんだんかかに対する信仰を懐疑し始めました。つまり自分がどういう過程を経て生まれたか思い知らされました。うーちゃんは誰かのお嫁さんにもかかにもなりたないと思うようになったんです。

とんかく、家を出ます。かかの視線は背中にべったし貼っつしてとれませんでしたが、携帯と充電器と財布などを入れた鶯色《うぐいすいろ》の肩掛《かたが》け鞄《かばん》を提げ、横に飛び出た大きな宿泊用のリュックサックを背負いこんでその視線を断ち切ることに成功した気いします。家を出てから最寄りの駅にたどり着くまでの三十分のあいだに、殆ど夜といって良いほどだった空は当然白《しろ》くなります。まだかすかに残っていた夜のぬるこくやさしい闇はすっかし払われて、夜明けのうすい光が其処此処から染み出してくるんですが、そいが移動する内に夜が明けていくのではなく、夜の街からあかつきの街、あけぼのの街へと自分自身が歩いているにすぎないという気がしてくるんだから不思議です。国道の信号が切り替わりおびただしい車が押し寄せても、通勤通学の人が見え、朝と呼ぶにふさわしいこざっぱしした空気にかわってしまったとしても、うーちゃんちのあたりにはまだ濃密な夜の沈黙が下りていて、置き去りにしてきたように思われるのです。

乗り換え駅のホームのいっとう狭くなった端に立ち、コンビニで瞼《まぶた》に力のない女性店員から買ったぬるこいお茶をしばらく手の上でころがし、鞄に突っ込みました。かわりにあの生焼けのホットケーキを取り出しラップを丁寧に剝がすと、はみ出たチョコソースが凍えた親指につくので体温をあたえてやるように丹念に舐《ねぶ》ります。あかぼうのようでしたが、朝のホームの端っこなど誰も見ちゃいないんで良いのです。

　暖房の効いた電車内は見る見るあつこくなって喉元に引き上げていたタートルネックが鬱陶《うっとう》しく思えます。窓の外の単調な景色を見ていたら腹が減って、もいひとつのホットケーキを食べようかと思案しているときでした。小田原で「おさるのかごや」のメロディーと雑音といっしょくたに乗り込んできたベビーカーのなかの二歳くらいの大きなあかぼうが、とうめいなひとみを動かしてうーちゃんを見たとき、うーちゃんは思わず席を譲っていました。どうぞ、効き過ぎた暖房のおかげでしわがれた声に、目頭から目尻まで貼っつして永久にわらっているようにも見える人の好さそうな母親が礼を言うさまは、あかぼうに振り回されたあわれな女という印象でした。

　今、おまいはてっきしうーちゃんのあかぼう嫌いがなおったのかと勘違いしたでしょう。しかしながらけっして善意のために席をゆずったんではないのです。無論、世間体のためでもない。その丸い目にはひれ伏すしかなかったんよ、あかぼうのひとみはかみさまに守られた憎らしいひとみなんよ。信仰を持ったひとみほど強いものなどないんです、たとえうーちゃんにはかたわらの女がただの女に見えたとしても、あかぼうのひとみにはたしかにかみさまのようにうつっていて、エイリアンみたいに真っ黒に濡れたそれは人間を断罪する力を持っている。あかぼうが冷やこい視線を留めおいたまんまゆっくし口をひらく、二月の冷えた白い頰とくちびるの内側の、酷く熱そうなまっかな口腔《こうくう》から目がはなせんくて、もしかしたら泣き出すんではないかとうーちゃんは身構えた、だのにそいは一瞬だけ大きく開いてまた閉じました。相も変わらず冷やこい無機質のひとみが見ていました。

あくびでした。あかぼうのあくび、その三秒、五秒にも満たない短いうちにうーちゃんはあかぼうを妬《ねた》み、憎み、それを見やぶられて屈服させられたんです。あの母親がコンビニの袋から取り出したチョコスティックパンを従者のようにに丁寧にちぎってあかぼうのふくふくとしたゆびに握《にぎ》らせるんを、うーちゃんは頭んなかで朝かかが作ってくれた生焼けのホットケーキとくらべました。負けた気いしました。立ち上がってしまうと、中学校の修学旅行で使った大きなリュックサックが目立って周りの目が痛いんです。めぐった血で目眩《めまい》がして、圧迫された空気の立てる音が急にうーちゃんを息苦しくしました。

寝坊したかんあたりまいですが、紙に印刷してあった予定の時刻と、電車が駅に着く時刻はずれています。いくらもともとの予定が余裕たっぷしだったとはいえ、下手な乗り間違いなどしたらたまったもんでもないかん、なにかくやしい気分になりながら携帯で路線情報のページをひらきます。携帯を使うことは何かに負けたような気がしるんですが、この際しょおないことでした。

横浜から旅先の熊野までは鈍行で十時間以上かかるんですから、夜行バスだの新幹線を使わないのはとんだ馬鹿のすることです。そいでもわざわざ鈍行を選び、ネットを断とうとするんは清貧でなければ目的が達せられんような気いしたかんです。化粧なども、やはり熊野に詣《もう》でる身には相応《ふさわ》しくないかん、無論すっぴんです。都の人々が何日もかけて山道歩いて詣でたようには行かんでも、信仰を呼び戻すには、それ相応の苦行をしねばならん気いします。時間帯のためなのか、都会から離れているからなんかわからんけども、何度か乗り換えているうちに毎回しゃんと座れるくらいには空いてきました。目をかるくつむり、頭のなかを静かにさします。

おまいもいつか気いつくことだろうとは思うけど、神奈川の子どもは上京できん。下宿にすみたくっても、たった三百円で行けてしまう東京では意味がない。四畳半フォークを聴いてみても、故郷を懐かしむために都会に出ることはできん。本を取り出そうと鞄をまさぐっているとダウンコートんなかでふるふると携帯が震えて、はじめ、うーちゃんはそいを無視しようとしました。しかし何度も震えてイヤホンから流れている音楽が途切れるんでいよいよ我慢ならんくなってＳＮＳをひらきました。

実名でやるリアルのアカウントは危ないかんもってなくて、フォローしとるうちほとんどが大衆演劇のファンです。とくに西蝶之助《にしちょうのすけ》という女形が好きなうーちゃんは彼が所属するあすか座のファンと交流をしてました。このアカウントをつくったばかしのときは同じ趣味のフォロワーを増やすことにばっかし気をとられていたけんど、二百人を超えたあたりから次第に把握できなくなってきたんで裏アカをつくり、もといたフォロワーからとくに仲のいい二十人前後のアカウントをフォローしました。今では表を放置したまんまもっぱらこの狭いコミュニティにいて、タイムラインはほとんど劇団のこととは関係のない日常的なつぶやきで占められていたけんどそれで案外心地いいのです。フォロワーがかぶっている人が多いのでほぼ全員で化粧や進路の話や下ネタでもりあがることも、新しいジャンルにはまった人間がそのジャンルについてプレゼンすることもあって、誰かが親類の愚痴《ぐち》を言っていれば皆で心配したり、受験の合格や誕生日を空リプで祝うことも多くありました。半年に一回ぐらい、仲たがいをしたフォロワー同士がブロックして決別したり誰かがアカウントを消したり不穏な空気が流れることもあったけども、狭い界隈なのでそれ以外は結構平和なもんです。ひとつの社会がそこにあるんでした。

中学生ぐらいから、うーちゃんがネットで愚痴をつぶやく頻度はだんだん増えてきてました。おまいもよおく把握していることでしょうが、かかがはっきょうし始めたかんです。ととの浮気を引きずり続けていたんか、そいとももっと別の要因か、はっきししたことは誰にも言えんけどとんかくかかは何か根深いものに苦しめられ壊れていったんです。

はっきょうは「発狂」と書きますがあれは突然はじまるんではありません、壊れた船底に海水が広がり始めてごくゆっくりと沈んでいくように、壊れた心の底から昼寝から目覚めたときの薄ぐらい夕暮れ時に感じるたぐいの不安と恐怖とが忍び込んでくる、そいがはっきょうです。

たといば、ある日学校から帰って玄関で、九十点超えの試験用紙の束を入れた鞄をうきうきと下ろすと、奥でぴいぴい圧力鍋が鳴いています。いそいであがると春特有の淡い夕焼けにつつまれ、かかの黄いろい毛羽だったセーターが丸まってんのが見え、かかはうずくまったまんま「おかえりめんとす、今日学校どうだったあ」と聞いてくるんです。

「ただいまんもす。テスト返ってきたよう、ちょいまっとれ、とってくるね」

日に当たってあつこくなったデニム生地の鞄の中をまさぐり用紙のぎゅうぎゅうぎゅうまんじゅうに詰まったファイルを引き出してくると、かかはうーちゃんの方も見ずに「どうだったあ」と言います。

「全部九十点超えた、英語も」

昔からうーちゃんは他の人よりかかにべったしでしたから、当然褒《ほ》めてくれるもんと期待してかかを見ます。かかはちっこい頃から、うーちゃんとみっくんを褒めるときは「さすが、かかのえんじょおさん」とうたうように言ってまだ色素のうすい髪の毛をすいたもんですね。うーちゃんはえんじょおさんって誰だろう、と思い、思いつく漢字を頭んなかで当てはめたりしていましたが、どうもかかは「エンジェル」つまり天使と言いたかったようです。知ったのはだいぶあとのことですが、ともあれ髪をすくゆびのあたたかさはすきでした。でもそんときのかかは、すごかったねえと言いながらも心ここにあらずといったふうに眉間《みけん》に皺《しわ》をよせました。

「どしたんの」

「かか、おなかがいたい」

しゃがみこんで肩をひらかして顔をのぞくと、かかは眩《まぶ》しそうに目をぎゅうっとやって、唐突に泣き出しました。かかは、自分のなかの感情をさぐって眉間のあたりに丁寧に集めて、泣くんです。涙より先に声が泣いて、その泣き声を聞いた耳が反応してもらい泣きする、かかは毎回そういう泣き方をしました。おまいがいつか「ウソ泣き」と言った気持ちもわからんではないんですが、ウソ泣きではないんです。いたい、いたいのよおう、うーちゃん、かか、おなかがいたいよう、うずくまったまんま床にゆっくくしくずれていき、うーちゃんもおなかの底のあたりが、遠い記憶を思い出すときのように痛みました。「生理？　ロキソニン飲んだら、」犬のかたちした温熱ピローをチンしながら言うと、かかは押し殺した声で何か言いました。

「なんつったん」

「んだ！」

「ごめん、なんて」

「飲んだ、ちゃんと薬はあ、飲みましたあ、なんでなん、なんでそいなこと言うん、しつっこいんようーちゃんは、いつもいつもうーちゃんは、冷やこいよお、なんでわかってくれんの」

冷やこいよおう、なんでよおっ、と言いながら、ぐらぐら揺れてます。怒れる理由はわからんかったけど、飲んだという言葉に脳みそが反応したんか、かかの傍らに空き缶が転がっているんが目に入りました。缶はシンクにもキッチンの台にもあって、それぞれ周囲の柔こい日差しをあつめて鋭い光を放っています。あたたかい春の西日が溜まった台所に酒の匂いがまわったような気いしました。ととが時々ふらりと家にあらわれたときにこうなることが多いかん、事情を聞いたけんども、別段そいなことがあったわけではなさそうでした。

かかは、ととの浮気したときんことをなんども繰り返し自分のなかでなぞるうちに深い溝にしてしまい、何を考えていてもそこにたどり着くようになっていました。おそらく誰にもあるでしょう、つけられた傷を何度も自分でなぞることでより深く傷つけてしまい、自分ではもうどうにものがれ難い溝をつくってしまうということが、そいしてその溝に針を落としてひきずりだされる一つの音楽を繰り返し聴いては自分のために泣いているということが。

ババはね夕子ちゃんがひとりだと遊び相手いんくてかあいそうだからおまいをおまけに産んだといったんよ、かかはおまけとして生まれてきたんよ、いつもそこんとこから始まって、毎回まるっきしおんなじルートを辿《たど》ります。昔からだまって耐え続けてきた重大な秘密を告白するように神妙な、耐えきらんというかおをして切り出すんですが、そいから明子の話になって、ととの話になって、浮気をみっけたのにととをおよがしていたときの話になって、今目の前で起こっていることかのようにひとりでに興奮してゆくんはおまいももう両手の指の数を三倍しても足らんほど目にしたことがあるでしょう。ひどいと思わん、あいつはあ、ととは、自分がわるいくせにかかつっとばして、こおんなこまで傷つけてえ、骨くだけたかもしんないのう、「こおんなとこまで」と言いながらかかはかかえていた腕を見してきました。そいまでうずくまってたせいで見えなかったたかかの肉付きのいい腕ん内がわに一センチぐらいの太さのえぐられたようなあとが走って、血が奥から滲《にじ》んでいるんです。自分の腕のおんなじ場所をアルコール綿で拭かれるような独特の冷やこさが走り、「またこんなことしたんの」と怒鳴ると、かかは唾液《だえき》でぬれたくちびるを嚙《か》みます、うめき声をもらしていかにも「耐えている」というポーズをとるんがにくらしかった。ふちに皮の捩《よじ》ったようなしろい跡のある傷は、昔ととにこん台所のざりざりいうタイルの床に転がされてかかが腕をこすったときの傷の再現に違いありません。

いやいやをした巨体が揺れるんを押しのけて消毒液があったろうかと救急箱をさがしているとき、まだ何も洗いもんのないきれいなシンクにピーラーが転がっているんを見ました。ピーラーに血とささくれみたいな皮がついとるんよ。自分の腕を空気にさらして手首に押し当てながらひじのほうまでずりあげる映像が浮かんでしまい激痛で動けなくなりそうなんをやり過ごしました。それは本当の痛みにちかかった、かかの痛みは望むと望まざるとにかかわらずうーちゃんに乗り移るんです、前にそう言ったときおまいは信じられんかおをしましたが、本当のことです。

うーちゃんとかかとの境目は非常にあいまいで、常に肌を共有しているようなもんでした。昔迷子になったとき、探しまわって転んで擦《す》りむいた膝《ひざ》を、かかが帰ったあとでごめんねえと泣きべそかきながら消毒していたんを覚えています。痛いの痛いの飛んでけと言われて一緒に唱えながら、かかがあんまし痛そうなかおをするかん、うーちゃんは本当は痛いのがかかに移っただけなんではないかと疑ったもんよ。

「ねえ、なんか、かか、やったかなあ、なんかわるいことしたんかなあ、とと選んじゃったの、かかが悪かったんかなあ」

「やってない。かかは悪うない」

じゅうじゅういう消毒液の青いフタをあけたときかかがいきなし自分のほうへひきずったんでうーちゃんは倒れ込みました。百均のプラスチックの箱が床のタイルに派手な音を立てて転げます。うーちゃん、うーちゃん。両耳を覆うようにすると、ふるえる爪を頰に立て額に口づけでもするようにぐっとかき寄せ、かかは十四歳の娘のまだ鼠《ねずみ》の毛のようだった柔こい髪にかおを埋めて胸一杯に吸いました。頭皮に感じる小さな痛みの先を自分の指で辿ると、髪を絡めたかかの指が涙で濡れているのんがわかります。耳元にしめった息がかかるとうーちゃんは腰がぞっとかたまりました。右腰に電流が走ったようになって、そいがなんなんかわかりたくなくて泣きたかった。

かかにたいして明確な憎しみを抱いたんは、そいのときがはじめてでしたろう、かかはととこうしてもみくちゃになって、涙と日の匂いのするぬくいからだおしっつけて泣いたんだと思うとそれが不快でたまりません。かかをひっぺがして二階の自室にかけあがりました。

自室のベッドに倒れ込んで充電ケーブルを引っ張り携帯をつける、冷やこい布団にむくんだふくらはぎを押し付けながらＳＮＳアプリをひらき、ふだんならざっとタイムラインを追いながらお気に入りボタンを押していくんを、そんときはそんなことできる余裕なんかなくて、『いたい』と書き込みました。『もういや』そいがいっとうはじめの、ネットで吐いた愚痴でした。それまでは誰かがなやんでたらやさしく無神経になぐさめる役目ばかしだったかん、あんましそういうタイミングなんてなかったしすぐ消したけんど、ユノちゃんの『ラビちゃん、大丈夫?』という言葉で異様に安心したんを覚えています。『ありがと、だいじょぶよ』語尾にぴょんぴょんしたハートマークくっつして、その子あてのアットマークをつけずに投稿します。相手もこちらも十人から二十人くらいしかフォロワーいないかん、そいしておいても自然に会話としてなりたつんよ。

インターネットは思うより冷やこくないんです。匿名による悪意の表出、根拠のない誹謗中傷《ひぼうちゆうしよう》、などというものは実際使い方の問題であってほんとうは鍵かけて内にこもっていればネットはぬくい、現実よりもほんの少しだけ、ぬくいんです。表情が見えなくたって相手の文章のほのかなニュアンスを察してかかわるもんだし、人間関係も複雑だし、めんどうなところもそんなに変わらん。ほんの少しだけぬくいと言ったのは、コンプレックスをかくして、言わなくていいことは言わずにすむかんです。第一印象がいきなし見た目で決まってしまう現実社会とはべつにほんの少しだけかっこつけた自撮《じど》りを上げることもできるし、「学校どこ?」なんて聞いてくる人もいないし、教室でひとりでお弁当を食べてる事実を誰も知らないわけです。みんな少しずつ背伸びができて、人に言えん悩みは誰かに直接じゃなくて「誰かのいる」とこで吐き出すことができるんです。

数年経って高校に入ってからも、鍵アカウントのほうで新たに繋《つな》がったフォロワーは数人だけ、前から繋がっていた三人がログインしなくなったりアカウント消したりしたぐらいで雰囲気はさして変わることはありませんでした。顔あんまし見せたくないかん、うーちゃんは劇団公演のときにフォロワーから『一緒にいこ』と誘われてもなんだかんだと理由をつけて誰とも会ったことはありません。

公演のあとにはいつも役者がお見送りしてくれるんですが、女形をしているときには「お蝶」と呼ばれる西蝶之助の、白粉《おしろい》をはたいた手が目の前で幾度も握られてはひらかれていくのを見ていると、ほんとうにひらひら蝶が舞うように見えます。そいが直前の女の手から離れて二度ほど小さく振られ、次の手に留まろうとかすかにひらかれたとき、それまでひらめいていた美しい手の人差し指がわずかに跳ねるように動きました。「ラビちゃん」彼の掠れた声が場の空気をくすぐります。SNSとおんなじ名前をファンレターにも使っていました。

「今日はありがとうね」

「よかったです、三幕の三曲目の」

「ラビちゃんもリクエストしてくれたんでしょう?」

筆で細く描かれた薄茶と紅《べに》の混じった眉が寄せられ、微笑が今にも泣きそうな顔に変貌する直前の一点で凝固している、「お蝶」のお得意のその表情はつねにうつくしく、いつも浄化されるような心持で手を握ってもらうんです。数年にわたって応援している「お蝶」からはとうに顔を覚えてもらっていて二言三言かわすくらいは珍しいことではなかったんですが、そいでもやっぱしうれしいのはかわらん。浮わついた気分のまんま会場をあとにし、霧のような小雨をホールの裏手の屋根のあるあたりでしのぎつつ携帯の電源をつけたときでした。かかの名で不在着信が十件以上もはいっているんです。普段なら用事があっても二回で済むとこなんにそいな緊急な用事なんか、と考えて公演の余韻もそこそこに携帯を耳にあてました。その頃には、かかがピーラーでぜんしんを裂いてぼろにしてしぬんではないか、という不安はしだいにふくらんでもう日常生活をずぶずぶ浸食してるほどでした。

『ホロがいないのう』

はじめの『ホ』の音が呼気と共に鋭く耳を突き刺しました。おまいがかかをはじめて大声で怒鳴りっつけた、あの事件の日でした。かかの声は熱でうるんでいました。腹のあたりに力を込め、つとめて冷静な声で説明を求めたけども、電話の向こうのかかは夢見心地といったふうでした。

『ちょっとね、もういいかなっておもって、かか、もうやめていいかなあっておもって、かあいそうだし、車からおろしてみたの、ちょっとばかしだけ。そいしたら、ホロ、ぱたぱたあっておりてって、車はさあ、暖房つけてたし、そと、小雨ふってたから冷やこくて気持ちよかったんだろうねえ、濡れて冷やけたアスファルトに鼻くっつしてくんくん嗅ぎまわりながら、いっちゃった。暗っこいから、見えなくなるまでにはそんなしかからんかったよ。かか、ずっとみてた』

車に乗って探したけど、もう見つからなかったんよう。ぽつりとそう付け加え、電話口から息の小刻みに揺れる音がした。かかはいつだって鮮やかに悲しむ人だったと、思わん？

『ホロ、いなくなっちゃったのよう』

例のもらい泣きのようなしらじらしい声がくぐもって吹き込まれる、泣き声はうつる、目の前の大衆演劇のポスターに大写しになった役者の顔がゆがんでみえ、学校から帰ってきていたらしいおまいの大声が電話越しにもはっきしと聞こえました。なにがいなくなっちゃっただよ、おまいのせいだろうがよ、ホロはかかのじゃねえんだよ、警察よぶかんな、わかってんな。電話越しのみっくんに少しばかしの安堵《あんど》を覚えたからか、うーちゃんは遠のいていた感情を怒りとしてどうにか呼び起こしました。シネ、と小さく怒鳴りながら吹き込む、最初の「シ」が、彼女の耳に突き刺さってくれればいいと願いながら電話を叩き切りました。

ホロはととと引き換えのように家にやってきました。はじめはしゃんと散歩に連れていってたけんど、それも家族がちぐはぐになってくると一週間に一度いければいいほうというようになってて、かあいそうだったよね。ホロは去勢した雄犬だったかん、散歩中に足を精一杯高く持ち上げてちいさい性器震わせながらしょろしょろとしょんべんしてるのを見ると、なんのために生きとるんだろうとかあいそうに思うこともありました。本来はここに強い雄がいると示すのが目的だという犬のマーキングですが、雌《めす》とつがうことのできんホロにとってはまったくの無駄な行為でしかないんです。かかの悲劇に勝手に登場させられて巻き込まれているホロが気の毒で、それがまた腹立たしくもありました。おまいもその嫌悪感には覚えがあったでしょう、だかんあんなに怒ったんよね。その後おまいに電話をかけ直しました。なにを話したか今となってはほとんど覚えてませんが、明子について話していたことだけは鮮明に覚えとります。

「明子は帰ってないの、このこと知っているんの、いまどうしてるん」

あんとき、どうして明子のことをしつっこく聞いたんかうまく言えんけど、言うなら、あのいつもひょうひょうとしてなかなかわらわん明子がホロがいなくなったことに対してしゃんと取り乱すことがあるんか確認したかったんだと思います。

『明子はババとジジとオペラいっとる』

おまいはほとんど本筋に関係ないことだからというふうに実に何気なく言い

はなちました。

なんでと思いました。また口に出しても言いました。夕子ちゃんをなくした明子はいつもババとジジ、主にババにかあいがられていました。明子を叱るのもかかではなくてババだったけんど、そいが愛情を注いどるゆえの叱責《しっせき》であることは傍目にも明らかでした。ババは生前の夕子ちゃんをひいきしてたかん、団子鼻以外は夕子ちゃんの見目麗《みめうるわ》しい遺伝子をそっくしゆずりうけた明子をかあいがるのは自然な流れでしたろう。ババは早くに横浜の家を離れ、和歌山なкакどという遠くの場所に行き、あげく早死にしてしまったお気に入りの娘をもういちど育てているような気分だったに違いありません。そいでも納得がいかんのでした。おまいは学校で、うーちゃんも学校帰りに劇を見に行くとわかっていたタイミングでなんでかかを一人取り残してオペラに行ったのか。残されたかかが、昼間の台所でひとりでカップ麵たべたり、夕飯つくったりしていることをわかっていてなんで行ったのか。他の人にはわからんでしょうが、そいでもうーちゃんにはかかがどんなわけでホロを連れ出したんかがわかりすぎてしまって、ババや明子に対する怒りを飛び越えた凶悪なもんが胸をよぎりました。

『なんでって、そんなの知らねえよ、べつに今関係ない』

あれは当てつけだったのかもしれん、大衆演劇を小遣いで見に行くうーちゃんへの、あるいは地元中学を卒業しただけの明子と違って私立中学やら高校に通う姉弟への。ババはジジの金でうーちゃんより数倍高いお金のかかるオペラを見してやって、高いレストランで腹いっぱい食べさして、そいで満足さしてやりたかったのかもしれん。

いそいで帰ると、まだ三人は帰ってなくて疲弊した顔のおまいが携帯を手にソファに寝転んでいて、かかは年じゅう出しっぱなしのおこたに下半身をいれたまんま漆《うるし》のテーブルに突っ伏してました。

「夕飯、いらん、ってババが」突っ伏したうでの隙間からかかが漏らします。

棚から半端に伸びた電話線が受話器を妙な具合に浮かしてました。「つくってたんに」台所には六人前の生姜焼《しょうがやき》がひっくしかえしてあって六枚のうち三枚の皿がおっこちて割れてた、濃い陰毛のようなかかの髪の毛に陶器の破片が幾つもくっつしてきらめいていたわけがわかり、うーちゃんは黙って、それだけは無事だった水のような味噌汁《みそしる》を温めもせずに飲みました。

布団に入ったあと、のどのおくに痰《たん》がからんでどうにも寝苦しいんでティッシュに吐き出そうとしましたが、唾液で少ししめったぐらいでそいはずっとからんだまんまです。ティッシュまいた指をおくに突っ込んで、舌を引っ張りました。吐き気と一緒にとつぜん叫びがあふれてきそうだったんであわててティッシュを噛みます。噛むとほのかに甘いにおいがして、ホロがよくいろんな人が放ったらかしたティッシュをとっては食べようとするんもわかる気いしました。

二日と経たんうちにホロは帰ってきました。四つほど離れた駅のちかくの家で保護されていて、一日後に交番に届け出られていたんですが、目やにがこびりついて酷い有様でした。離れていた時間にこの茶色い犬にこびりついたぶんの雨粒の冷えが、いま濡れているわけでもないんに手に伝わってくるようでした。うーちゃんはホロを抱きしめてやりました。

家に連れ帰ると、かかとババが言い争っとりました。犬用のブラシをとりに居間へ行くとおまいはソファの上で携帯いじっています。おまいはうーちゃんのことも見ずにホロ、と玄関に呼び掛け、ホロが爪を床に擦《こす》り付けてしゃくしゃく鳴らすのを確認してまた携帯に目を落としました。何が発端なのかはわからんけども、ババは右手を演説でもするように振り上げ、かかは顔にパックしたまんま体育座りになって、過呼吸気味に息するたんびに身体をゆすり上げます。強烈な西日が差していました。

「あんたいっつもなんかをひがんでる子だね、昔っから夕子のおさがりだって嫌がっていっしょの習い事も嫌がって、あさましいよ、乞食《こじき》だよっ、こっちは同等に扱ってるってのにとんだ愛情乞食だ」

「でもおまけで産んだって言った。夕子ちゃんのおまけで産んだって、言った」

　膝を抱えてうなるかかをちらと見て、おまいは半分わらったようになりました。パックをはっつした顔で泣いているんがおかしかったんでしょうが、うーちゃんにはそこでわらう神経が理解できんかった。目配せしてわらいかけてくるおまいを黙って睨《にら》み、玄関にもどりました。絡んだホロの茶色い毛をブラシで丁寧にほどしながらババの声を聞いていると、頭がぼうとしてきます。犬の喉もとの、梳《す》くと金色っぽく光る毛は、いっとう柔こくて西日の匂いがします。言ったよ、おまけだよ本当に、あんたみたいな出来そこないは。夕子はね最期までそんな卑《いや》しいこと言わなかったよ。あんたみたいになんで自分が病気になったのかってひがんだりしなかったよ。一度だって夕子があんたのことひがんだことあるのっ、明子だってあんたなんかより何千倍も数億倍も苦労してるってのにあんたは自分が可哀想だってそればっかで卑しいね、あさましい、なんでわかってあげられないの、可哀想だと思わないのっ。もうやめてえとかかの声がしましたが、ババはなおも言いつのります。かかもババも爆発的に怒鳴るんはそっくしだったけんど、酔うとやたらめったらあたりちらかすかかとは違って、ババは狙いすましたように、かかが辛うじて寄り掛かっとるもっとも悲劇的な部分、美化しずにはいれんかったかか自身の物語の、核のとこを突き崩すんでした。

後ろ脚の間に尻尾を巻き込んでいるホロをなだめるように抱き上げて、風呂場に行きました。温水で脚を洗い、柔こい毛をさぐって尻と股間をぬぐってやって、ついでに湯船を洗います。浴室に反響する湯の音は居間の言い争いをかんたんに掻き消します。最後にホロの口ゆすぐために鼻先をつかむと、そいな強い力でなかったはずなんに、ひん、と鳴きました。

うーちゃんをふくめた家の人間はもう疲れてしまって、かかが暴れても数日間無視してた、もみあって拵《こしら》えた痣《あざ》が全員合わして十くらいになってようやく、かかは暴れるのをやめました。かかの攻撃は家族全員に及んだけんど、うーちゃんはそれが他人に対しての傷害ではなくてかかの自傷行為の一環であることを知っていました。うーちゃんとおんなじように、かかは自分の肉と相手の肉とをいっしょくたにしてしまうたぐいの人間なんです。自分のからだだかんいくらでも傷つけていいと思ってるんでしょう。猛烈な自傷行為がおわるとからだじゅうのエネルギーを使い果たしたかかはあかぼうのように転がって、動かんくなりました。うーちゃんたちのすすめで精神科に通院するようになり、そこでもらった大量の薬をお酒といっしょくたにして飲んでヒステリー起こすようになったんで、ジジがかかをアルコールの病院か精神科に入院させようと言い出したんが二年前、実際に入れさしたんがつい一年前ぐらいの話です。

飼い犬がかかのせいで行方不明になったというつぶやきに、ネットの皆はくちぐちに心配してくれました。帰ってきたというつぶやきにも安堵の声をくれました。真剣にリプライをくれました。うーちゃんも、フォロワーの子が腹違いの弟のことで悩んでいたり、いじめでくるしんでいるのを見ては、お気に入りをつけたり、地雷を踏まんよう控えめに慰めてみたりしました。

もうそんなときにはうーちゃんが学校に行く頻度はまちまちになってたかん、うーちゃんの属している社会はほとんどSNSと家だけに減っとりました。おまいは知らないと思うけんど、実は学校へ行くと言って家を出たあと、横浜のフードコートで何時間も過ごしたことがあります。昔よく屋上で遊んだデパートで受験勉強したり、休んでいたぶんの課題やったり、人目につかんよう泣いたりして過ごすんは残酷でした。当然うーちゃんの成績は急落して、指定校推薦もだめ、もちろん一般にも受からんかったかん、今こうやって浪人しとるんよ。

＊

名古屋に着いたときにはもうすっかし昼でした。赤や紺のコートに冬の風をまといつかした人々が、広告に囲まれた壁のなかを流れます。がやがやとした雑音はすれちがいざまに誰かの会話の断片となって耳に届き、ふたたび遠退《とおの》いて紛れてゆく、その都会の光景はうーちゃんを失望させながらまた安堵さしるんです。そいが情けなくて、うーちゃんは一刻も早く俗世を出たいと思いました。

トイレの列で携帯をいじっていると後ろからつつかれて、あのう、空きましたよ、と促されました。すんませんすんませんとあやまりながらイヤホンの垂れ下がった携帯を片手に持ったままであわてて狭い個室に入ります。フックにリュックサックをおしつけて、家を出てからずっと着たまんまだったダウンコートとパーカーを脱ぐ、なんだか肉や白い脂身《あぶらみ》を切りひらくような心地がします。脱ぐとタートルネックとブラトップがすっかし汗で濡れて唐突に空気に晒された腹が急速に冷やこくなりました。半端に脱いでひとまず楽になった状態で、既読をつけたメッセージに焦って返信します。太腿の辺りも濡れてるんに気づきました。ズボンのきついゴムに指をもぐらしてわずかに隙間をあけると、むわりと血のにおいがして、生理でした。そいはいつも唐突にはじまります。もしもんことあったらと薄いナプキンをつけてたんが正解でした。ぶ厚こいもんにつけかえながら、ふと生理中にお参りするんはよくないとどっかで聞いたんを思い出し、かみさまに申し訳ないような気いしました。行き先にいるかみさまは許してくれるかしらと思い、旅に出る二日前ぐらいに、かかが「さいごの生理がはじまったん」と泣いていたんを思い出しました。なんの因縁か、うーちゃんとかかは、生理の周期がほとんどかぶっているんです。

乗り換えたあとは一時間以上暇でした。なんだかネットをひらくことに抵抗もなくなってしまって、なんとなくタイムラインをスクロールしていると、『鼻の毛孔詰まりヤバヤバのヤバ』『もう見せたいくらいなんだけど晒していいかな』と野いちごちゃんがつぶやいてました。『いやそれな?　ちゃんと洗ってんのに取れないし』『晒すな笑』『いっそ鼻が野いちご説あるわ』何人かが活発に反応しとるかん、うーちゃんもそいをスクショして添付し『笑った』とだけ書き込みました。たちまち三人からお気に入りがつきます。女の子ばっかしだかん、化粧やら服やらの話にもなるし、時々こうやっていちご鼻がどうとかニキビがどうとか少しばかし言いにくいような話題になることもあります。

旅に出る前、『最近友達がバージンサヨナラしたらしいわ、すごい大人しい子だから驚き』というスチュワートちゃんの投稿が発端でタイムラインが盛り上がったことがありました。普段彼氏への不満ばかりつぶやいている二十代の緑さんが『十五で捨てたからもう感慨とかないわあ』とつぶやくとすぐに五つお気に入りがつきます。うーちゃんも押しました。みんなフォロワーの少ない裏アカウントなので普段は大抵は一から三お気に入りくらいだけんど、こうして皆でつぶやきを飛ばしあっているときは五つから八つほどのお気に入りがつくようになるんです。少し次の投稿が出てくるまで間があって、ぺろぺろプリンちゃんの『みどりさんはや……早くない？』というつぶやきにまた四つほどのお気に入りがあつまります。『うち初彼がいまの彼氏だもん』『皆もう済んでる感じ？　でもここのフォロワー中学生もおるやろ、え』『万年喪女にやさしくないTLやめような』明《あ》けっ透《す》けに言う人間は少なかったけんど、ほぼ全員がなにかしら反応を見せ、今まで実体のなかった劇団俳優のアイコンや草花のアイコンがきゅうに生々しく思えてアプリを落としました。救急車の音が聞こえはじめたかと思うと、部屋のなかに赤いひかりが反響して遠のいていく、血潮がからだの下で音を立てていて、それはうずくまってもなお聞こえてくるんでした。

耳の奥底で流れる血の音に混じって車の入る音がしました。少しずつ後進して駐車するんがわかり、裏庭にホロ出してたことを思い出してうーちゃんは毛布引っ剝がして下の階に飛び出しました。とちゅう洗濯済みの衣類の入ったプラの洗濯かごに足をぶつけたかん、そいを持って裏口に出ました。ととのほうが一足さきに裏庭についていたんが癪《しゃく》でした。そん時にはもう十キロぐらいまで大きくなっていたホロは気さくだかん、もらわれてきたのはととと入れ替わりだったけんども、するどく吠えながらも尻尾をふって喜んでいます。ジーパンに前の開いたシャツ姿のととは裏庭の柵をまたいでとびついてくるホロによろめき、しょおないなあという顔をしてわらいながら撫でてたけんど、うーちゃんに気いついていながらどう顔をあげようか迷っているのんがありありとわかりました。昔「やまけんくん」が仏壇の部屋にすすんで家の人間の機嫌とったときとおんなじで、ととはかならずホロをかあいがってから裏庭を横切るんです。

養育費は口座にいれる約束なんですが、ときたま手渡しにきたり、旅行にいったとかで土産物もってきたりします。昔は土産と言いながら自分のために地酒やつまみばかり買ってきたんに、家を出て以降はたまにしか買ってこんかった洋菓子ばかしになっているんは滑稽で、ものがなしいと思いました。

「土産もん、ほら」ぞんざいな口のききかたとうらはらに差し出す手つきにほの見える遠慮が不快で、そこ置いといてと言います。たぶんそのなかに養育費の封筒も入ってるんでしょう。

「かかは」と言うんでてっきし入院のことを知らんのかと思い言おうかまよいましたが、すでにかかかから電話が来たと言ってきました。ただかんじんの病院の名前は教えんかったかん、ババに様子でも聞こうと来たようなんでした。

なんも裏切るようなことしてないんけど、かかに裏切られたと思いました。また、わざわざそいを聞いてやってくるととに驚きました。そいまでしといてうーちゃんに詳しく聞こうとしないととがはがゆくてたまらんかった。

教育委員会に処分を受けた教師にしろ薬物所持の発覚したベテランの司会者にしろ、偉そうな態度をとっていた人間が効力をうしなうとそれまでの威勢が虚勢にしか見えんくなるということがありますが、その虚勢があわれに映るというほどどうしょおもないこともないでしょう。明子の派手で安っぽい生地のワンピースやおまいのワイシャツ、ばばのベージュの薄っこいブラジャーを仕分けながら干していくんを、手持ち無沙汰になったととはジーパンのポケットに親指突っ込んで体をゆるくゆすりながら見ていて、少しでも気に掛けるととをあわれんでしまうかん、身内にとりこんでしまいそうだったかん、うーちゃんは「ババはヒノハラにいっとる」と突っ放し、出直したらとも伝言するとも言いませんでした。ヒノハラは服屋ですが、店主である昔の同級生とかと話すんが主な目的です。

「かかみたいなことするようなったなあ、おい、やっとお前にも男できたんか。そんなん干して」

うーちゃんがよれた青いトランクスを洗濯かごのなかから拾い上げたんを、ととは茶化しました。その声音におもねるようなもんを感じながら、話題に困ったらすぐそいなことを言って座を持たそうとするんが不快だと思いました。

修学旅行の班分けのとき、くじで一緒になったうーちゃんたちに聞こえるように大声でハズレと言ったり、女性の教師たちをヤれるヤれないと仕分けたりしてた男子生徒たちに感じるんと一緒です。話を聞いたとたん、悪いと思う間もなく、親しんでいたはずの教師たちの顔が頭のなかできゅうに別の顔をしだしたんを覚えています。どんなに知的で自立した女の人であっても、たった一言であほらしい猥談《わいだん》のなかに取り込まれてしまうんがどれほどまでに悔しいことか、おまいにはわかりますか。

「ジジのだから」と言ううーちゃんにかぶして、「ずいぶんとまた際どいワンピース着とんなあ」ともう干してあった明子の赤いワンピースを弄《もてあそ》ぶようにめくってまたわらう、下瞼《したまぶた》を引き上げたまんまの目がうーちゃんとその背中のひらいたワンピースとを一瞬のうちに行き来して、ととの頭のなかで勝手にそいを着せられたんがわかりました。部屋着の緩い長ズボンの裾からはみ出た自分の素足がぞわぞわして、かかはととにあの目で見られるんが厭でなかったんだろうかと思いました。

ホロが駆けてきて、ととにどんとぶつかり、おもちゃ見せつけるようにして鳴らします。ととはしばらくホロと遊んでましたが、うーちゃんがまた洗濯物にとりかかり紐の伸びきったマスクやらハンカチやらこまごましたもんをなるたけゆっくし干していると、また居たたまれんくなったらしく帰ると言い出しました。

顔を上げ、手に握られたもんに気いついた瞬間うーちゃんはととの手からそいを払い落としていました。落っこちたそいをホロが食う前に拾って、裏口の扉に掛かったゴミ袋に突っ込みます。

「人間用のビーフジャーキー、しょっぱすぎるんよ。勝手なことせんで」

ととの笑顔をつくっていた頰がかたまり、一瞬で土砂がくずれたようになりました。右肩だけが素早く突き出され、うーちゃんは反射的にひたいのまえに右腕をかざそうとしました。

とっさに誤魔化すようなわらいを浮かべてしまったあとで、すぐ後悔しました。いっしゅんおくれて、殴りたいんなら殴れ、と思いました。はたからみれば結局、ふたりとも肩を動かすだけの似たような動きをしたにすぎんのですが、おまいにもわかんでしょう、そいは殴ろうとする人間と殴られまいとする人間の動きです。そいまで大口叩いてたくせにふと晒してしまった自分のおびえた顔も、そいを覆うようなとっさのわらいも自分でいやになるくらい想像つくかん、みじめでたまらんくて表情のもっていき場がないんです。こめかみを汗できらきらさしとるととを睨むようにして見返しとると、ととは先に視線をはずし「じゃあ」と言いました。

まといついて骨のおもちゃをぴいぴい鳴らしているホロにかまうことなく、顎を前に突き出すようにして車のほうへ足早に去っていくととを、うーちゃんはぼうと見送っていました。おまいのうさぎ、って名前はなあ、ととの、うさぎ年生まれなんだからうさぎでええやん、ていう似非関西弁の一言で決まったんよお。ちっこいころにうーちゃんを抱いて口ぐせのように言っていた、赤こいかかの顔が思い出されました。

……うーちゃんはにくいのです。ととみたいな男も、そいを受け入れてしまう女も、あかぼうもにくいんです。そいして自分がにくいんでした。自分が女であり、孕《はら》まされて産むことを決めつけられるこの得体の知れん性別であることが、いっとう、がまんならんかった。男のことで一喜一憂したり泣き叫んだりするような女にはなりたくない、誰かのお嫁にも、かかにもなりたない。女に生まれついたこのくやしさが、かなしみが、おまいにはわからんのよ。

ぽっけにいれとった携帯がぴこんといって、うーちゃんは洗濯かごに一枚ハンカチをのこしたまんま指紋で汚れた画面のなかに逃げ込むようにそいを見ました。さっきの話がまだつづいとるんかと思ったけんどそうではなくて、すこしタイムラインは落ち着いてきているんでした。ぺろぺろプリンちゃんが『ナンパ自慢とか、経験人数自慢とかってださいなあって思う』と言い出したのをなんとなくお気に入りしたに過ぎません。自分からは何も言わなかったけんど、お気に入りの数がここの界隈の鍵アカウントにしてはかなり多い十もあつまって、実際に空リプで賛同する子も現れました。『いや、それなあ、べつにやっててもいいし年齢によっては当たり前なんだけど、ちょっと生々しすぎるっていうか』野いちごちゃんがつぶやいて、うーちゃんはまた何も言わずにお気に入りを押します。数時間後のぺろぺろプリンちゃんと野いちごちゃんのつぶやきで、緑さんが二人をブロックしたんがわかりました。どちらからもブロックされてないうーちゃんのタイムラインには同時に双方のつぶやきが流れます。緑さんの攻撃的な文言はしだいに弱気になり、元々の彼女の持ち味であるきつくて自信ありげだった口調は『だってしょうがないじゃん』『淋しいんだもん』『癒しにもならないってわかってるけどさあ』というつぶやきに変わっていきました。反応に困っとるんは皆同じらしく、お気に入りされる量も減ったあたりで、『形見』だの『昔のアルバム』だのというつぶやきが散見されるようになって、しばらく後の『今日かあさんの命日、墓参り行かなきゃ』という投稿で決定的になりました。

水を打ったように、という言葉はＳＮＳにも当てはまるもんです。むしろいつも川のように流れているものだからこそ、現象が似るんかもしれん。それまで各々肌の調子や上司、別の趣味に移った先のダンサー、ペットのことなど好き勝手につぶやいていたフォロワーは急に静かになって、戸惑いがちに緑さんの言葉をお気に入りしはじめました。そんな展開なんて知るよしもないぺろぺろプリンちゃんと野いちごちゃんはその間もプチプラのオイルティントの話題で盛り上がっていて、彼女らが逆に「空気が読めない」ように見えるんだから皮肉なもんです。

緑さんの暴露に対してうーちゃんの心を支配したのは曇りのない嫉妬でした。不幸に耐えるには、周囲の数人で自分がいっとう不幸だという思い違いのなかに浸るしかないんに、その悲劇をぶんどられてしまってはなすすべがないんです。うーちゃんの状況はなにがどうあろうと「生きてるだけまし」の一言に集約されるんでした。そいして、たしかに「生きてるだけまし」なのかもしれんのでした。

明子の目が強いのは自分がいっとう不幸だと信じているかんです。幼い頃に夕子ちゃんを亡くし、ととである浩二《こうじ》さんもアメリカに単身赴任、底意地の悪いことを言いますが、「自分をかあいがってくれたババとジジ」もボケてきているし、これであと十年ぐらいで天涯孤独の身の上になれば完璧だと思うんです。明子の目には壊れていくかかやその家庭のことなどどうつってもいないんでしょう。自分自身が不遇な事態に陥《おちい》らん限り肉親の死はいつかは誰しも経験することだけんど、四十代の人間が七十代の親を亡くしたところでみんなにかあいそうだと思われないんよ、理不尽だと思わん？　かかはいつジジとババを一気に亡くしてしまうかわからんのに、かあいそうだと思わん？

自分の境遇よりましだと周囲を一蹴してしまう明子の綺麗な一重の奥のひとみは、偶然にも今朝電車で見たあかぼうの、母親を信じる黒く冷やこいひとみとおんなじなんです。不幸を信じる目、さいわいを信じる目、何でもいい、とかく心からの信仰を持つ目をうーちゃんは羨《うらや》み僻《ひが》んでいるんでした。

うーちゃんのかかに対する信仰は消えていく一方でした。受験に失敗したうーちゃんはかかのあまったれを拒絶するようになりました。そいにつれてかかはうーちゃんを遠ざけ、いつも無関心そうなおまいにあまったれるようになったんでした。

たといば病室で「漢方」とかかがつぶやきます。おまいもわかっていたろうけど、かかは漢方信者なところがあって、昔っから人参やらイナゴやらを干したのが台所の薄いカーテンの影ぼっこにぶら下がってました。あれをすりつぶして薬にするなんて信じられんけど、確かに処方される漢方は効くときには効くんですからまあ勝手でしょう。問題はかかのその言い方でした。かかは病院で出される薬にいちいちケチつけました。そいで、何分もその話ばっかしになります。見舞いにいくといつも漢方談義がはじまるんです。

「うーちゃんに合う漢方は自信満々だけど、みっくんに合う漢方はタイプが違うと思ってるんだあたし」

鳥がとおくで鳴いていいます。姿は見えないんですが、かかの薄いメロンソーダみたいな色した入院着をみて、想像のなかの鳥の色が薄緑色になりました。病院食の白身魚が食べれないからと言って渡されたそいを、おまいはだまってほぐしてました。

「みっくんも漢方飲んでね、今日」

おまいは「んりがと」という。自覚してないだろうけど、おまいには癖があります。ありがとう、とは言わなくって、なんだか無気力な声で、最初に「ん」がつくんです。かかが嘆息して箸の先端を二度、擦り付けるようにしました。

白いじゃがいもがぼろりとくずれます。

「みっくん肉じゃがいる?」

「いらない」

「なんで」

「ん、なんでって」

「んじゃァもういらないならいいけどお」

かかがすねるように言って、今度はうーちゃんに目を向けました。ヘーゼルの混じった虹彩《こうさい》の目立つ明るいひとみの色に反して、かかの声の調子は冷やこいものでした。「あなた」とうーちゃんを呼びます。

「ハンゲコウボクトウ、あなたはハンゲコウボクトウがぴったしと思うよ。ひとによって違うからさ、合う漢方は。なんか、しょう、しょうって言うのがあるんだって、相性の性のことなんだろうけど。うーちゃんととは、そいが近いよ。かかはみっくんと似てるんよね」

うーちゃんが否定するより先に、知らない、と白身魚をつつきながらおまいがつぶやきました。かすれた声だった。少し痛快になって、そいでも不快は払拭《ふっしょく》されませんでした。親類や親子間で性格やら顔やらが似ているとか似ていないとかいう話をするとき、実はほんとうに似てるかどうかはどうでもいいのであって、自分を正当化したいがためにそういう話を持ち出すことが往々にしてあります。うーちゃんが中学受験でまあまあ有名な進学校に入ったとき、ババは「うーちゃんはあたしに似てる」と頻繁《ひんぱん》に言いました。つまりかかの「合う漢方の話」はうーちゃんととと、おまいとかか、そういう境目を明確にするんが、目的なんでした。おまいにさらりとかわされてしまったかかは、「わかんないけど」と小声で言った後、「あたしは勝手に思ってるだけだから」と声を大きくします。

「うーちゃんととととは、近いかも知んないけど、みっくんとかかはぜんぜん別種だと思うな」うーちゃんはいじわるく追い打ちをかけました。かかはむきになって、おまいはもう箸をおいて携帯の画面を見ていた、なんら関係ない顔をして画面の光をその無表情に浴びてました。

「かもしれないけど近いもんはあるよ、まあ、近い部分もあるっていうのがいちばんいいんだけど。だかんととかうーちゃんとかのお、よりかかのほうがあ、近いかなっておもってるだけで。ね、みっくんは優秀だけど、ええ、くやしいのお、くやしいのお、弟にまけちゃって、おねえちゃあん、くやしいのお、たかいたかいの浪人生めえ、なあんも勉強しないくせにプライド、ねえ、たかいたかいの、こん嘘つき野郎の、浪人生め」

かかの意味のとおらない発言が病室に響いていました。おまいはやめろよと一言だけ言います。うーちゃんは暴言吐かん代わりにSNSに『お見舞い来たら浪人ってだけで母親にめっちゃ責められてるんだけど』『まわりに人いるしわけわからん、恥ずすぎ』と書き込みました。白い蛍光灯の下で全員が俯《うつむ》いていて、かかの箸の音だけが響いています。胡瓜《きゅうり》の浅漬けに突き刺してぼりぼりと音を立てて咀嚼《そしゃく》します。白い部屋でした、ながい時間が経ったように思いました。

「ねえなんだか親子ってふしぎね」

突然ヒロインのような口調に切り替わったかかは笑顔になって、さっき売店で買ったホットミルクを胡瓜の浅漬けのまだ入っている皿に出し、そこに張ってよじれた半透明の膜をスプーンですくい取って舐りました。うーちゃんは食べてないのに、青いにおいのする胡瓜と乳くさいでろでろとしたものが舌の上で混じり合ったような気いして、くるいそうだと思いました。また薄緑色をした鳥が鳴いて、うーちゃんはようやく、知らんしとつぶやいて病室を出ました。かかが暴れてるときより、なんでかずっと腹が立ちました。

目だった希死念慮《きしねんりよ》は見られなくなったとのことでかかは数か月で退院しましたが、しばらくしておなかがいたいと言い出しました。またいつもみたいに騒いでるんだろうと家の人間には無視されてましたが、ある日死刑宣告でもされたかのような青い顔で家族全員を呼び出して、「かかのおなかに腫瘍《しゆよう》ができて、子宮の摘出手術をしなきゃならん」と言い出しました。その顔色はわるかったけんど、どこか勝ち誇ったような顔でした。

「かか、もう、つらくて。結構、つらくて。ずうっとがまんしてた、もう限界、がまんできない、つらいよお、しにたいよおう」

気分を高めて、その自分の台詞《セリフ》でもらい泣きするかか、いつもとまったくおんなじ泣き方にうんざりしました。なんでこのひとはととに苦しめられてんのは自分だけだと思ってるんだろう。うーちゃんはちまたでよく聞くDV男と別れられん女についてては、べつにどうとも思いません。思わんけど、そのまんま結婚にこぎつけてあかぼうこさえることに関してはぜんぜん納得がいきません。かかが年甲斐もなく薬大量に飲んでみたり吐いたり包丁壁に突き刺したりアルギーのピーナッツ食べようとしたりするたんびに、なんでこうまで苦しめられんのにあかぼうつくるまえに離れなかったんだろう、なんでこのひとは、しにたいしにたいと言いながらしなないんだろうとうらみました、彼女がしぬとわめくたびにうーちゃんにもその気持ちはうつります、もう、つらくて。ずうっとがまんしてた、つらいよお、うーちゃんの肌のしたに詰まった肉が叫ぶんです。しにたいよおう。

うるさいね、とババが言ったんはそんときでした。近所を気にするように居間の窓を閉めると寝室にこもります。それっきし、ババは出てこんかった。

かかは、ぽかっと口開けました。人にわざと聞かしるようなあまったれな泣き方は一瞬で引っ込み、あかぼうが怖いものを前に後ずさるときのようなのっぺらぼうな無表情のまんま真っ赤な鼻ひくつかします。そいから口を閉じて怒ったように頬っぺた硬くして、す、す、と鼻から細切れに息を吸う。うーちゃんの胸のなかにも、す、す、と息が詰まります。

押し入った空気吐き出せんくて破裂しそうになった胸かかえて、うーちゃんは立ち上がりました。いとしさは抱いたぶんだけ憎らしさに変わるかん、かあいそうに思ってはいけん。

手術すんのがきまったあとも、かかは相変わらず毎晩酒を飲んでは、しにたいよおうと叫んどりました。その一方で、なぜか嬉々《きき》としてうーちゃんのやっていた家事にけちをつけ自分でやったり、真夜中にホロの散歩に出かけたりするようになりました。仕事も増やしていたし、自分で自分を忙しくしてはもう限界だとうーちゃんを自傷につかうんです。明子は基本的に出かけていたし、ジジもババもあきれるだけ、おまいはいつもどおりだし、かまうのはうーちゃんぐらいのものでした。うーちゃんが慰め、なだめ、けんかになってぐちゃぐちゃの状態で階段がんがんと音を立てて上る、上った先の洗濯物を干す用に使われている扉が開いていて、外から小雨が吹き込んでいる。厚こい毛糸の靴下を履いた足でそれを拭いベランダの扉を閉めて鍵をひねりました。ほこりっぽいベッドに顔を埋めてSNSで愚痴を吐こうとすると、最近はもう先客がいるんでした。緑さんが病んでいるのです。『劇団公演かあさんと行ったのなつかしくて泣く』『わかるふりして慰めてくんの地雷』『くすり　ばりぼり』『バ先の先輩箱入り過ぎて何　死にたいっつったら世界には何人の子供たちがとかいってリアルでそんなこと言う奴いるんだってなったわ』『結局身体目当て』『セックスで淋しさ埋めるしかないのほんと笑う』『埼玉ラブホしかないワロ』何個も、何個も、タイムラインを埋めつくすように書いてあるんです。誰も発言できんくて、やっぱしお気に入りの数だけが増えていきました。

ベランダの扉は閉めたんに寒いと思ったら自室の窓がほそくひらいて寒い風が小雨と一緒に吹き込んでいます。耳が冷えてるのに身体は熱《あつ》こい、頭が熱こい、はらわたがにえくりかえって痛くて痛くてしょおなくなって、うーちゃんは勢いにまかして『おかあさんに病気が見つかって手術することになったんだけど、結構危険みたい』と書きました。『たすかるかわかんないみたい』『どうしよう』

ぴたしと、緑さんの投稿がなくなりました。ほんとうは命に危険なんか、ほとんどない手術なんです。でもうーちゃんはそんときはじめてそいを想像してました。かかがいなくなった世界を想像して、吐きそうになるんを感じました。うそなんかついとらんかった。タイムラインは静かで、指だけがふわふわ動いてます。とりかえしのつかんことを言っている、首のうしろがぞっと冷えて胸にふたされたみたいな息苦しさがありましたがとんかくうーちゃんは文字で叫びました。そいして吐き出してしまったあとで、その寒さがからだから体温を奪いきったのを感じました。そいなのに投稿した言葉を目でなぞり心のなかで反芻しているうちに、どうもその言葉の主である『ラビ』がほんとうにいて、そいが本物の自分であるかのように思えてくるんです。手術が危険でたすかるかわかんないと思ったら、ここのところずっとうしないかけていたかかへのあわれみが、やっと湧きました。

かかをととと結ばせたのはうーちゃんなのだと唐突に思いました。うまれるということは、ひとりの血に濡れた女の股からうまれおちるということは、ひとりの処女を傷つけるということなのでした。かかを後戻りできんくさしたのは、ととでも、いるかどうかも知らんととより前の男たちでもなくて、ほんとうは自分なのだ。かかをおかしくしたのは、そのいっとうはじめにうまれた娘であるうーちゃんだったのです。

*

「伊豆云々《うんぬん》」という駅名のアナウンスに、うーちゃんは閉じかけていた目をひらきました。伊豆といえば静岡の伊豆半島のことです、もう愛知か三重のあたりに来ているはずなんに、なにかとんでもない間違いをしているんじゃないかと不安になったんです。が、それは「伊勢《いせ》中川《なかがわ》」の聞き間違いでした。もう名古屋で見えたようなビルなんてもんはなく、屋根の低い家ばっかしで失礼かもしんけどさびれたという言い方が相応しく思われました。午後の淡い黄いろの光が家々を覆って、電車に乗って通りすぎるたびに軒先やら褪《あ》せた看板やら電柱やらを銀色にきらめかすんです。密室空間ですから風は吹きませんが、きっとぬるこく頭をくるわすような土埃《つちぼこり》や花粉混じりの懐かしい匂いのする風が抜けているんだろうと、ほのかに揺れる洗濯物を見ながら思いました。何枚も干されたしめっぽそうな布団やキャラクターの描かれたTシャツやびろびろ靡《なび》いている下着類、ペンキの剝げた小学校や美容室やマンションの看板、黒ずんだ赤こい標識の脇に停められたママチャリの、あかぼうの代わりに野菜を積んだ後ろの席、白いトラックにくくりつけられたはみ出しがちな梯子《はしご》、マンションにかかった表札の跡、びっしと並んだ無個性なポスト、それらがそれらと意識されないうちに目の前を流れていくんを眺めていると、知らないはずの街が懐かしくて、いきがくるしかった。

置いてきぼり、くったような気いしました。その家のひとつひとつに居住している人間の生活や顔つきがまるで幸福で快活だとは思えんくて、そんなはずもないんに町じゅうに孤独が張り詰めているような気いします。飲み屋のほのぐらい照明の下では美人だが外に出たとたんにきびやしみが目立つ女店主、彼女がひっそし裏手に飼っている栄養失調気味の犬、スーパーの売り場と駐車場をつなぐ階段の踊り場の椅子でひとふくろ百円六本入りのチョコチップスティックパンを隠れるようにして貪《むさぼ》り食うおじさん、学校に行かんで昼間からコンビニのイートインで携帯をいじっている金持ちの学生、ドラッグストアの試供品をかたっぱしから手に取り派手に化粧をして不倫しにいく女、妻に先立たれた家で無音の囲碁番組を字幕で見る老人、縦横無尽の電柱に縛られた街。そんなかに何十年か先に生きる未来のかかがいる気いしました。

街じゅうの人間の絶望がうす黄いろい風になぶられて、うーちゃんを波のようにゆったし包んでいるんでした。なんで、と思いました。かみさまに近い場所だと言うんに、なんでこんなに淋しいんか不思議でした。

ふいに、頭んなかに「かかのこつ好き?」という声が響きます。昔っから、かかはそう聞いてきました。「こと」を「こつ」と言うんは、そうとうあまったれなときです。

うーちゃんは見たくないのです。老いたかかなど、老いてジジもババもホロも死んだ晩年、おまいは家庭をつくりうーちゃんも働きに出て置き去りにされて、ひとり指を湿らして裁縫雑誌をめくりながら誰も着る予定のないワンピースにかたかたミシンをかけるかかなど、見たくもないのです。そのうちに倒れて鼻にくだまきつっけたまんま白い病室で涙のあとを乾かしながら生きながらえるかかなど、見たくないのです。そんなら小さい頃に、まだかかが優しく厳しいかかであった頃に、かみさまのままうしんでほしかった。そう願いながら介護の末に親と心中はかった人間がこの国に何人いるでしょう。

腰にびしびしと電流がはしります。眼下の景色に日がずんずん落ちてくんがわかります。ねえ、こんなこと言ったら怒られるかもしんけど、もしかしたらここにはもう神も仏もいないんかもしらんね。かみさまなんかがいたんなら、こんなに淋しいはずがないんですから。

降りる駅になって、夕日に焼けた冷やこい風がさあっとうなじのあたりを抜けました。縮毛矯正《しゆくもうきようせい》でまっすぐにしたはずの髪も、こうして汗に濡れるとおくれ毛のあたりには癖がでます。くるりと巻いた髪を指に巻きつっけて、ぐいぐい伸ばしながら乗り換え時間を過ごしました。雲がはやく流れ、唐突に光が散らばったり、また翳《かげ》ったりします。

少し乗って、多気《たき》というところでもう一度乗り換えたら、あとは三時間以上待つだけです。本を読み、少しだけ寝て、今自分がどのあたりにいるかひとつ見てやろうとマップアプリをつっついたところ、そいがひらけなくなっていました。アプリだけではありません、今までひらいていたブラウザの路線情報のタブが動かんくなって、気づくと圏外の表示が出ています。さっきとったスクショは通信がなくとも見られるんですが、そいでもぞっと恐怖が背筋を這いました。

現代の怪談を構成する要素のひとつに、「圏外」があります。居眠りから覚めたら車掌がいない、一向に止まらない電車に乗ってしまっている、場所を確認しようとすると圏外である。雪山の山小屋で遭難して心霊現象に巻き込まれるけんど、圏外なので連絡がとれん。電車はすでに安全圏ではないんです。昔飛行機で十何時間もかけて行ったヨーロッパの国ぐによりもずっと遠いとこに来てしまった感覚でした。

山のなかはたしかに圏外になることもあるかもしらんとは思ってたけんど、まさかこんなところで制限されると思わんかったうーちゃんはきゅうに心細くなりました。車内から見える家には急に高さがなくなり、民家が増えてきて、それまで薄い和紙のような山影が折り重なっていたのが、急に質量を持ち始めるんです。威圧してくるんです。枯れた蔦《つた》の絡んだ建物がいくつも見えます、市民会館なんて字がかろうじて読みとれるくらいで血みたいな赤茶色の線がたてに幾筋も染みついていて廃墟同然に見えます。ちっこい頃夜中にトイレに立ち、黒光りする廊下から冷蔵庫の音だけがヴーンと響く居間を早足で通り抜けたときのあの原始的な恐怖がよみがえって変に懐かしい心持ちがするんでした。山の中腹に木が数本傾いたまま静止していて山肌がすっかし見えるんです、ブルーシートがところどころにかぶしてあって、クレーンと、もとは白かったんだろう錆《さ》びたワンボックス車、山のなかの小さな、ほんとうに小屋としかいいようのないトタン屋根のついた家があるのんよ。

まだしゃんと人のいるうちは安心でしたが、紀伊長島《きいながしま》で全員が降りたときはさすがにうーちゃんはどうしようかと思いました。二両編成ですが完全に無人電車だと認識するるんが恐ろしくて隣の車両を覗く勇気すら出ません。数人入ってきては出ていくんを繰り返すたび暗くなって景色も見えんくなってきました。そいなのにだんだん恐怖半分、興奮半分、妙に浮き足立ってくるんだから不思議なもんです。ここならば、あるいは、と思いました。この、人に恐怖を抱かし圧倒する土地にならかみさまはいるかもしらん。異国というのはそもそも長く滞在すると消えてしまう架空の場所です。自分が生まれ住んでしまったら異国にはなり得ん。記憶と想像のあわいにしかないような場所、決して住み着くことはないだろう場所だかん、旅先をここに決めたんです。

熊野のなかの那智《なち》には、いざなみがいると言います。うーちゃんはこの国を生んだ母であるいざなみに会いたいと思いました。

人の祈りをいっしんに受けるかみさまがけっして人間であってはいけんように、かみさまのすむ土地も人智の及ばんものでなくてはならん。神や仏の手のひらに水搔きができたり、死んだあと復活したりするんは、一般のなんてことない人間のことは誰も信じれんからでしょう。新興宗教でも身体浮かしたりとか聞くけんど、なぜそんなパフォーマンスが必要かって、その「奇跡」を起こさんと超人になれんからです。人間の肉体は圧倒的な祈りの攻撃には耐えきれんのよ。唯一絶対のかみさまを持たん人々は、それぞれ祈りの対象を人間に求めます。できそこないのかみさまたちは、未成年に酒を飲まして性的暴行を加えるし、クスリでつかまってやけに写真うつりの悪い顔がネットニュースに載ります。子どもたちのかみさまは、成長するにしたがって小言を言い、なぐって、くるって、そのうち老いて、淋しさを残していく。うーちゃんのかみさまは、かみさまだったはずのかかは、うーちゃんを産んでかみさまじゃなくなった。もともとかみさまじゃなかったんです。
ずっと思っていたことがあるんよ。人間が信仰を捨てることはままある、そいでも信仰を取り戻すことなんてできるんでしょうか。何かをふたたび信仰することはできるんでしょうか。

うーちゃんがそいなことを考え出したんは、おなかの手術がだんだんと近づいてきた頃のことです。かかは張り切ってご飯つくっとる時期でした。ババ、ジジ、かか、明子、おまい、うーちゃん、久しぶりにほぼ全員があつまって、つけっぱなしのテレビから、おおお、とくぐもった観衆の声が聞こえます。食器をかちゃかちゃと鳴らす音、使い込まれて柔こくなったタッパーをひらく音、冷えた玉蒟蒻《たまこんにゃく》を煮染《にし》めたものに箸を突き刺そうとするとツルンと逃げて皿から飛び出してテーブルの上をすべり、うーちゃんは手掴みでそれを食べましたが誰もなにも言いません。

焼きそばを数本いたずらに持ち上げてはおろしていた箸をふいにとめ、「かつお節って、なんで踊るんだろうねえ」ババが言いました。昨晩から降り続いていた雨でしんと冷えた道路を、バイクが一台唸りながら通り過ぎます。

こん家が大通りに面しているからなのか単に先ほどの車の運転が荒いのか、もしかすると冬の夜の澄んだ空気が日常の音を明瞭にするのかもしれません。古こく建付けの悪い磨りガラスや雨漏《あまも》りのする錆びた屋根や薄い壁や、水分を吸って黒ずみ浮かび上がった廊下の木目の隙間、そういった家の隅々から冬は染みだしてくるようでした。うーちゃんは年寄りに特有の無表情に見える顔をちらりと見た、いやに若々しい肌の上に浮いた年相応のしみは、過って水に垂れてしまった油のように所在なさげに見えます。

台所に立っていたかかには聞こえなかったようで、蛇口の水をとめて「え？」と答えました。かかのすぐ頭上には換気扇《かんきせん》があって、そいではとてもじゃないが聞こえんだろうと思いながらババの答えを待っていたんけど、結局何も答えないんでうーちゃんが代わりに「かつお節」と言いました。

「かつお節。なんで踊るのかなってさ」

「ああ、」換気扇に負けないようにでしょう、一度納得したような大声が響くけんど、また少し威勢が弱くなって「なんでかねえ」と言います。無言で好物の焼きそばを貪っていたおまいは何か言おうと顔をあげましたが、はずみで顎にはりついていた肉かすが漆塗りのテーブルに落ちたんですぐ肩をすくめて俯きました。手でひろった肉かすを盗み食いでもするようにすばこく口に入れます。明子は二、三口食べたなり薄《うす》こい腹から下をおこたに突っ込んで、背中を壁にもたせかけて携帯を触っています。食卓で、蒼白っぽい顔の彼女だけがアイメイクまで徹底していました。血管の青くすきとおった薄い瞼の下で眼球がうごくたびに粗いらめらめが白銀《しろがね》色に反射してます。それっきしかつお節のことは気にならなくなったようだったけんど、しばらくしてまた思い立ったようにババが「おまいさん、仕事は順調なんかい」とおまいに聞きました。

驚いたように目を見ひらくおまいより先に、「やっだ」とうーちゃんは言います。

「みっくん仕事なんかしてない、まだ高一だよ」

「ほお、高校生」

床一枚へだててアスファルトの冷やこささを感じます。食卓にまたババの箸を掻き鳴らす音が響きはじめると、それまで黙って携帯を触っていた明子がうるさそうに立ち上がり、ババよりも大きな音を立てて焼きそばののった平皿《ひらざら》と味噌汁の器とを低い漆のテーブルの中心に押し出しました。ほとんど手をつけていなかったけんど、その上で揺れていたはずのかつお節は萎《しな》びています。

「ごちそうさま。誰か食べて」

「じゃあもらっていい」おまいが手を伸ばします。「デブるよ」明子にはそういうぶっきらぼうな言い方をするところがあったけんど、別におまいが食べようとするのを拒否しているわけではありませんでした。

「もう食べないの、食べなきゃだめよおう、明子はただでさえ瘦《や》せてるんだから」かかが顔を出しました。

「なんか麺がゴムみたいなんだもん、叔母さんの焼きそば」

「台風の五号っていうのは、あれは大きいのかね、小さいのかね」

焼きそばを口に入れながら言うものだから、ひげのようにババの口から垂れていました。なぜ今の時期に台風の話などしているのかとは思ったけんど、

「ちがうよババ、五号っていうのは大きさじゃなくて来た順番のこと。正月から数えて一番早かったのが一号、二番目が二号」と教えると、ババは「ほお」と口を震わしました。明子が「コンビニ行ってくる」と口早に言います。そいして唐突に「むらがあるからなんだって」と振り返りました。

「かつお節。硬さにむらがあるから、ふやけ具合に差が出て、ぐにゃぐにゃって踊るんだって」ほら、と右上の角のあたりの液晶がひび割れた携帯を見せる

と、最近にごりはじめたババの、灰がかった青色のしみの浮いた目が明子に向きます。

「明子は、ものしりだねえ」

明子はめったに見せない八重歯《やえば》を出してかすかに笑みのようなものを見せてから、携帯からぶら下がっていたイヤホンを両耳に押し込みました。ピンクのコートを羽織って出ていきます。玄関の閉まる音を聞いたあとで、かつお節を箸でねじ込むようにして混ぜ、彼女がゴムみたいと言いあらわした焼きそばを咀嚼する、彼女の皿をもらっているわけでもないのにうーちゃんは残飯でも食べているような気分でした。ババは明子の名前は何度も呼ぶけんど、決して昔のようにうーちゃんとおまいの名前は呼びません。もしかするとすでにおぼえてなかったのかもしらん。

「おまいさん、仕事は順調なんかい」

ババがまた聞きました。「んや、高校生」今度はおまいが答えたけんど、そんときにはババはおまいがもらうはずだった明子の皿のふちに人差し指を引っ掛けてかたかたと引き寄せ、自分のまだ食べ終わっていない皿には目もくれずにそちらに箸をつけていました。だまって乾燥した焼きそばを食べ終え、皿と箸をまとめて立ちます。

「ありがとさんすん」明るい声で言いながら、かかがあいたコップや調味料を持って台所へ立とうとしていたときでした。咀嚼もせずに喉に焼きそばを突っ込んでいたババの不明瞭な声が食卓に響きました。「おまいさんたちは、いつからここで働いてるんだい」

ババの口からぼろぼろと、キャベツや、かかの手によって千切りにされた人参が落ちます。ババの目はたしかにうーちゃんと、かかを見ていました。しかし、そいはけっして娘と孫を見る目ではありません。耳の奥を換気扇の音が這いずり上って、しばらくそれ以外の音が聞こえなくなりました。

動き出したのはかかでした。おまいもうーちゃんも瞬きすらできないでいるなか、腰で結びつけたエプロンの紐をほどきながらゆっくりしと台所へ引き上げていったんです。

はねた油のせいでところどころ透けた薄いカーテンを鼻先でめくると、案の定かかはぼおッと曇りガラスの窓を眺めて突っ立っているんです。出しっぱなしの水を止めると、それまで水に打たれていたかかの手がかすかに震えました。ふくよかな腕にはピーラーでむいたような明瞭な傷跡はないけども、爪を喰い込ましたらしい赤い痕《あと》が四つついていて、隣にならんで黄いろい液体洗剤を皿に垂らすと、長い沈黙のあとで「しょおないんよ」と低く押し殺した声が言いました。「やっぱし、しょおないんよ、もう」

「あらいものやっとくから、もう寝てたら」

かかは窓を眺めたまんまありがとうねえと喉に押し込むようにつぶやきました。もっとかすかすの声でもう一度ありがとねえと言い、かかはもう自分より背丈の高こくなったうーちゃんの髪をふかくさぐるようにして頭をつかみ、震わした唇からふうふう獣のように息をもらしながら親指でうーちゃんのこめかみから額にかけてを何度もこするように撫でました。瞼のあたりを親指でなんどもぬぐうかん、かかの体温になった洗剤の泡あわが目に染みて痛くてたまらんのにうーちゃんは目をひらいていました。はっきょうまえのかかの顔がこれから一生見られなくなることをわかっていたんでしょう、かかの顔をもうすぐ会えんくなるときのために記録しておきたいと思いました。明子が夕子ちゃんの棺の小窓を覗いたまま動かなくなったわけがようやく本当にわかったような気いしました。明子は決して放心していたわけではないんです、記録として焼き付けておこうとしたんです。垂れた目尻が裂けんばかりにおしひろげられふだん青みがかっている白目は充血してあかるい虹彩が微細にゆれうごいている、鼻のてっぺんの毛孔はひらいて乾燥した頰は産毛で毛羽立っているように見えます。すでに幾すじかの叫びを混じらした声が、うーちゃん、かかのこつ好き、と聞きました。左の手のひらはかたちをたしかめるように頰におしつけられ、睫毛《まつげ》についた泡あわの、色づいた光が視界の端で揺れているんです、濡れた髪と換気扇の音が耳元を覆います。

あいしとうよと言いました、ひゅっと息をのむ音がしました。おすわりさしたホロにいいよと言ってごはんあげるときとまるっきしおんなじように、はっきょうの合図を出したんはうーちゃんなんでした。うーちゃんを抱きしめ、ゆるされたのを知ったかかは叫んだ、それは高く乾燥して引きちぎれたような悲鳴でした。みえかけてしまった、みえてしまったもんを泣き叫ぶことで放棄しようとしているようでした、うーちゃんも泣きました、あらん限りの力でかかを抱き締めました、やっぱし腰が痺《しび》れてびしびしいった、家に残ったおまいも含めた三人がそんときどういった反応をしたのか覚えてません。うーちゃんにはかかしかみえませんでした。

かあいそうでならんかった。叫び続けるかかの想いがからだでわかりました。涙であったたかく濡れた衣服越しに癒着《ゆちゃく》してこすれたからだはひりひり痛みます。

くっつした摩擦《まさつ》で熱《あつ》こくなるこころんなかでうーちゃんはかかの独白を聞きました。かかが生まれてからいままで何度もひとりきりでなぞってきた独白でした。ババはね夕子ちゃんがひとりだと遊び相手いんくてかあいそうだからおまいをおまけに産んだと言ったんよ、かかはおまけとして生まれてきたんよ、ババは愛情のほとんどすべてをおねえちゃんに、夕子ちゃんに注いでしまったかん誰かに愛されたくてたまんなくて、ととならきっと愛してくれると思って結婚したけんど、でも愛されるんは無理だった、うーちゃんとみっくんというかかとととをつなぐふたりのえんじょおさんがいるんにととは別の女と浮気して出てった、夕子ちゃんは死ぬことでババからの寵愛を永遠のものにしてババはお姉ちゃんの忘れ形見である明子を愛した、孫の名前を忘れる前に娘であるはずのかかを忘れた、うーちゃんにもみっくんにもあきれられて、誰にも心配されないで、かかひとりぽっちで手術すんのよ、ねえもう限界よおう、かかはなんのために生きてたんのよお、こんなふうに忘れちゃうんなら、ババはなんのためにかかを産んだのよお、なんで、なんでえ、かかじゃなくって夕子ちゃんが死んだのよおう、しにたいよおう、しにたいよおう、しにたいよおう……鼓膜が破けるぐらいの絶叫は続いていました。もつれた叫びは細胞のひとつひとつを壊してとかしていきます、視界が明るい血で覆われて、どっかの血管が切れたのかもしれん、その血でなんも見えなくなりました。そいでよかった。いっしんにあばれるかかを抱き締めて、かかのからだからかかのたましいが出ていくのを食い止めようとしました、それしかできんかった。

おまいはなんでうーちゃんが、こうまでかかに執着するんかわからんでしょう。うーちゃんはかかをにくんでます。学校にも行かんくなって浪人したんをかかのせいにした、実際かかのせいでもあったし、責めて怒鳴ったこともありました、勉強さしてくんないし、なにやってもあまったれてわめくし、学校の先生にも「母親のせいでなやんでいる」と言いました。SNSでもそうかきました。きっと誰も彼も、うーちゃんはかかを嫌っていると思ってるでしょう、そいでもほんとはかかを誰より愛しているのはうーちゃんだということをおまいには知ってもらいたいんです。かかをいちばんにくんでるのもうーちゃんですが、母親というものについてまわるあかぼうより、夕子ちゃんを亡くした不幸に浸る明子なんかよりずっとかかを愛していました。かかがずっときれいであってほしかった。それはもちろん恋でも欲でもなくて、ほんとうに、うーちゃんはかかだけを愛していました。かかのえんじょおさん、とかかはうーちゃんの髪をすいてよく言っていたけんど、うーちゃんだってほんとは、できることなら、かかを祝福するジブリールのような存在でありたかったんよ。かか、かか、だいすきなかか、そいでも今のかかは穢れきってうざったくて泣くのがわざとらしくて自分のことしか考えてなくてころしたいほどにくいと思うことがある。もう手遅れなんです、うーちゃんはいつかかかを殺してしまう、物理的には殺さんよ、そんなことはしないしできないけんど、そいでもひとりにして、どっか遠くのわびしい町に収容してしまう。だんだん誰にも散歩に連れていかれなくなったホロみたいに、飽きて病院に見舞いにもいかなくなって、淋しいと泣かれるとどんだけ仕事がいそがしいかたいへんかおまいにはわからんときっと怒鳴ってしまう。かかが淋しいとうーちゃんも淋しいかんどんどん足は遠のいていらいらしてにくんでにくんで、何年か経ったあるとき唐突にかかが死んだというしらせがとどく、あわてて電車にのってのりついで、死んだのはうーちゃんじゃないんに走馬灯のようなものを見る。たぶんかかが死ぬのは気いくるいそうなぐらいにおだやかな春の日な気がします、流れる景色をぼおッと眺めてるとまだ明子がいなかった春の記憶がたち現れるんです。そいは桜の木の下で花粉症で鼻をずうずういわしながらあったかい黄いろい日の光にあたってみんなでかかのお弁当食べている記憶です。子どもでも食べられるようラップでひとつひとつつくるんでつくった一口大の「ころころおにぎり」をおまいがかんしゃく起こして投げ出すと、ととは春のぬくい泥水にまみれたそいをまとめて拾い上げ、涎《よだれ》で濡れた唇に無理やりおしつけて、たべろ、と怒鳴ります。やめてよと言いながら庇うかかを突っ飛ばし、まだちっこいおまいにも、かかを真似て止めに入ったうーちゃんにも泥と米粒でよごれた手で殴りかかる。ととに暴言を吐かれながら泥に沈みこみ、濡れた髪が頰にぺったしはっつしていて、頰のうちがわは土と血の味がして視界には桜のはなびらがゆったしと舞っていて、殴られてんのに、そいがどうしてもしあわせな記憶としてしか思い出せんくて、今までのすべてを後悔しながら電車を降りる。たどり着いた先の消毒液くさい病院のなかでからだひきずって、なんもないがらんとした白い病室に横たわるひとりぽっちで死んだかかの顔を見る、かかは泣いている、鼻に管まきつっけて、泣いたまんま、死んでいる。うーちゃんはかかを淋しさで殺してしまう。

それに気いついたとき、うーちゃんははじめてにんしんしたいと思ったんです。しかしそこらにいるあかぼうなんか死んでもいらない、かかを、産んでやりたい、産んでイチから育ててやりたい。そいしたらきっと助けてやれたのです、そいすれば間違いでうーちゃんなんか産んじまわないようにしつっこく言いつけて、あかぼうみたいにきれいなまんま、守りぬいてあげられたんです。女と母親とあかぼうをにくみ絶対かかになんかならんと思っていたけんど、もう信じられるんはそいだけでした。

うーちゃんはもう宗教もオカルトも信じられんのよ。男と女がセックスしてなぜかいのちが生まれる、そいのことのほうがよっぽどオカルトに思えてしょおないんよ。

性的なことをにくむ心持ちなんていうものは思春期にはありふれた感情なんでしょうが、うーちゃんはいつまでもそいにばっかし固執してました、納得できんかった。あかぼうが母と出会うためには、なんでそいを介さないといけないんでしょうか。うーちゃんはどうして、かかの処女を奪ってしか、かかと出会うことができなかったんでしょうか。

今度こそうーちゃんはかかを壊さずに出会いたかったかん、たったそいだけのために、かかをにんしんしたかった。

うーちゃんたちのありふれた淋しい未来を誰も悲しまないでしょう。誰も憐れまないでしょう。みんなが淋しいかんです、みんなそれぞれに、べつべつに淋しいかんです。いっしょに淋しがってくれるかみさまがいないなら、うーちゃん自身がうーちゃんたちのかみさまになるしかもう道は残されていないんでした。

もうかかの手術はほんとうにすぐそこに迫ってたけんど、そんな祈りを抱いてしまったうーちゃんは一刻も早く旅に出る必要があったのです。

＊

終点の新宮《しんぐう》は冬なのになぜかしら湿っぽい空気がただよっているんでした。暗くてあたりはほとんど見えんけど、ガレージに赤こいスプレーで落書きしてあるんが見えて、横浜中華街でおんなじものを見るんなら全く怖くないいんにもかかわらず、怯えながらホテルへ急ぎました。ベッドに沈み込んでしまう前に、たいして使ってないいんに残り三十パーセントになってしまった携帯に充電器さしてＷｉ－Ｆｉ繋いで部屋んなかで全部脱いで、シャワーを浴び、昨夜剃ったおかげでほとんど剃るもんのない身体にくまなくカミソリをあてました。ご飯食べる時間もほぼなかったかん、いつもより少しだけ鏡にうつる自分の身体が痩せて見えます。

上がったとき、明子から着信があんのに気づきました。かかの容態のことだろうかと不安になりつつ下着だけ身につけた状態でかけ直します。素肌に触れる掛け布団の表面が心地よかった。

『うさぎちゃん？』

かけて三秒も経たんうちにくぐもった息が吹き込まれ、不意なことに驚きました。『うさぎちゃん、繋がってる？』

「なんかあったん、かかんこと?」

『手術は明日でしょう。ちゃんと病院行ったから大丈夫、でも違うの』

こころなしか柔こい気いする声でした。

『お見舞いに行こうと思うの』

内腿《うちもも》の裏で毛布の毛並みが変わる、薄茶色の犬の毛皮のようだったそれが深い光沢のある緑に変わり、また薄茶色にもどるのを眺めながらようやく思いました、あの明子が、かかのお見舞いに。驚きは毛布の毛並みの色が美しい緑にかわったときにゆっくくし訪れます。

「めずらしいんね」

『悪いなあと思って。なんかもっていくね、やっぱりお菓子がいいのかなあ』

夕子ちゃんのことがあるかん心配してくれてるんかと思い、今までどんなにうーちゃんたちの家族関係が崩れても冷やこい目で眺めてきた明子に対してそいなふうに考え出した自分に驚きました。そいはひょっとすと、明子の顔が見えんからかもしれんと思いました。

「なんでもいいんじゃない」

ぴこんと携帯が鳴りました。通話を繋げたまんま確認すると、ＳＮＳの通知です。ユノちゃんからのダイレクトメッセージでした。『今日ラビちゃんのおかあさん手術日よね？　今日いきなり浮上しなくなったから心配になっちゃって』『おせっかいかもしれないけど、なんて言ったらいいかわからないけど、あの、無事を祈ります』胸が熱くなりました。羞恥のためか罪悪感のためか、あるいは心配されたことによる単純な感謝なのかうーちゃんにもわからんかった。『うん、明日だよー』『手術前日なんだけど、一応今日から入院なの』

見るとユノちゃんは何度かタイムライン上でも『ラビちゃんとこだいじょぶかなあ』とつぶやいていて、ほかのフォロワーも数人が反応しています。うーちゃんは、それをだまってお気に入りしました。

アプリをいじっていると、声が遠くなったことをいぶかったんでしょう、

『うさぎちゃん?』と明子の不安そうな声がくぐもって聞こえます。『お見舞いはあけぼののやのクッキーで、いいかなあ』

　あんまし聞こえなかったけんど、いいんじゃない、と答えて、寝ころがりました。寝て、起きたら、那智駅に出る。ここから那智山《なちさん》までは十キロ弱です、バスで行くこともできたけんどそいではうーちゃんの修行にはならんかん、もとより徒歩で行くつもりでした。那智参詣曼荼羅《まんだら》は補陀洛山寺《ふだらくさんじ》という場所からはじまるかん、そいの寺に向かいました。ネットで調べたところによるとこの那智勝浦《なちかつうら》あたりにはむかし補陀洛渡海《とかい》という捨身行《しゃしんぎょう》があったらしいんよ。なんと三十日ぶんの食料を詰め込んだ船に乗り込み、南方の補陀洛という観音さまの浄土を目指すんだそうです。修行者をとじこめた船は黒潮に乗ってずんずん岸を離れます。浄土を目指して逃げられない船のなかで海に流されて死んでくなんてとても正気だったとは考えられませんが、かれらはそいなことをまともに信じながら、船がたどり着くと信じながら、波にしずんで死んでいったんでしょうか。

　コンビニで拡大印刷した地図もってぐるぐるやんながら、降り注ぐ光の照り返しでまぶしくって目を細っちくしてると、うしろからぽんぽんと肩を二度叩かれて、ひやりとしました。振り向くとおばあさんがひとり、どうやら声をかけられてたようで下膨《しもぶく》れの顔をふがふがとならしています。目の辺りが二か所落ちくぼんでいて、日が翳って薄暗く見えました。目の際に皺があるというよりは、ちりめんに縫いつけた玉留めのように、細かい皺のなかにしじみ目がついているといったふうでした。後方を指さし、口の周りをすぼめ、「すこのね」と彼女は言いました。「いま、すこのおてらさんにね、ほとけさきとる」何がおかしいのか、痰を吐くような音を立ててわらい、めくれあがった土色の唇から小粒の歯がのぞいて口のなかのあたたかそうな闇のふちに白く細かなあわが溜まります。うーちゃんは思わず息を止めて、すえたにおいをやり過ごそうとしました。そうなんですか、と愛想良く頷くけんど訛《なま》りのせいで彼女が何を言いたいのか殆どわかりません。しかしながら、すこ、と彼女が示した方向がうーちゃんの地図のさしている寺の方向と同じであったと気づいて不気味に思いました。調べた限り本尊はしまわれているはずでしたが、入口に辿り着いて見ると靴が何足か脱ぎ捨ててあります。その奥で、すうっと、まるでうーちゃんを待っていたかのように寺の住職とおぼしき男性が手招きするんです。不気味でした。こん寺にゆかりのある方のご家族が横浜からこの日に来ているというんです、そいで秘仏のはずの、無論うーちゃんも拝む気などなかった千手観音《せんじゆかんのん》さんを拝めたんでした。この背のたかい千手観音さんは重要文化財だが国宝にほど近い、という話と、最近道路開発が行われているのだが反発が起きている、という話を正座してまぜこぜに聞きながら、うーちゃんは何かが起こっていると思いました。棺のようなせまい箱にとじこめられ、柔こい明かりのなかに安置されている、このうつくしい顔立ちではあるがみょうに色っぽい観音さまを見あげながら、胎《はら》のなかで何かが蠢《うごめ》くんを感じました。毛糸の靴下を履いた足の親指を重ねると、そいは加速します。不安にも焦燥にも似ているんですが、そいとはまた違うようでした。期待にも似ていました。ほとけさんの腹に共通してある仄かなふくらみが目について離れんくて、うーちゃんはそんとき生まれてはじめて仏像に欲望を抱きました。あの繊細な指を自分の裂け目に入れてみたいと思い、自分に男性器が生えてきてほしい、そいであのゆたかな衣服の波を搔き分けて性器があるのかもわからん足の付け根に自分のものをこすりたいと思い、かすかな微笑みを浮かべる口許をゆがめさしきゃしゃな腕やゆびに自分のゆびを絡めながらあのかすかにふくれた胎のなかに子種を植え付けたいと思いました。重ねた足の親指の上下をむずむずと入れ換えると、畳の目に毛糸が引っ掛かって引き攣《つ》るような感覚がして、その痛みはほとけさんからの戒めであるような気いしました。

そいにしても不気味でした。普段は秘仏のはずのほとけさんが突然御開帳されたような不可思議な偶然が、この十キロにも満たん道のりを歩くあいだに起こるんです。

道路脇にはいっていくと、リスだかハムスターだかを入れる用のちっこいケージを抱えながら家から出てきた男性と目が合います。うーちゃんを見ても左右非対称の大きさの目を曇らせたまんまの無表情でしたが、そいでもやけに見詰めてくるんでかるくこんにちはとつぶやくと、「まんだらァ?」その男性は大きな右目だけをさらに押し広げるようにして言いました。すぐ先に車道の見える妙にひらけた砂利《じゃり》道《みち》で、相手とは少しばかし距離がありました。うーちゃんが今辿っている歩行者用の道は、曼荼羅のみちとしるされているのです。脇のすすきがひろひろと揺れ動いて、はい、と答えたうーちゃんの声は変に優等生じみていました。浪人する前、卒業式で名前を呼ばれたときの自分の声音をふと思い出しました。男性はわらいながらブッブーと不正解の音を出して、そっちは行き止まりだと言うんでした。間違った観光客がよく来るんでしょう、慣れたように一歩前に出て目印の橋の名前を教えてくれ、そいからさらに「こっから歩くんか、気いつけて」と励ましてくれました。

　彼が持っていたケージを玄関先に下ろします。赤いサルビアの鉢に覆い隠すように置かれたそいに、うーちゃんは「ハムスター、飼ってらっしゃるんですか」と聞きました。うーちゃんもホロを飼っているかん、ほんの世間話のつもりでした。手を尻でぬぐいながら、え？　と聞き返されるんは恐ろしかったけんどうーちゃんは目を見つめたまんまはなしませんでした、男性の右目はやっぱしかっぴらいたまんま、「死んだ。今朝」とつぶやきました。

　なまぐさい風がゆるゆる通っていき、うーちゃんはそのすすきに囲まれた行き止まりの砂利道の景色を反芻しながら道路脇を進んでいきました。赤いサルビアと駐車場から鼻面が飛び出たまんまの四角い車と水のほとんど流れない川と、ところどころ赤茶に錆びた橋。あすこにずうっと、家が雨漏りしそうな見た目になるぐらいの年数は住んでいて、間違った道に迷いこんだ人間にただしい道を教えてきた男性の飼っていたハムスターが、今朝、死んだ。

そいからは川沿いに歩いていたんですが、きゅうに地図に示された道が分岐している地点にでくわしました。橋があり、細こい道があり、山に入った瞬間、空気が変わるんを感じました。

まるきし別世界でした。濡れた土と草のあおい匂いが胸を充《み》たし、下から上に杉の木が何本も伸びています。冷えた風が耳たぶを切るように細かく吹き、重い荷を背に、ともすると見失ってしまいそうなほど細い山のなかの道を踏みしめます。立ち止まって小枝の折れた音や衣擦《きぬず》れや息づかいの音が消えるとほんとうの沈黙がやって来ました。沈黙はおりるのではなく、背中から追い付いてくるんです。この静けさから逃れるには歩き続けるしかないんですが、倒れた樹木をまたぐとか視界がひらけて光が射し込むとか、ふとした瞬間に立ち止まってしまうとまた沈黙がやってきます。木々をまだらにあたためていたはずの光が一斉に翳ったとき、うーちゃんはたまらずにしゃがみこみました。ダウンコートのポケットから絡んだイヤホン引きずり出して耳に突っ込み、サティを流します。ゆるやかな三拍子を聴くとふたたび射し込みはじめた光がより神聖なものに思われました。ロックを解いて携帯を開きます。都会から、イヤホンで演出された世界から、インターネット圏内から、うーちゃんは結局離れられん。午前中でよかったと思いました。暮れどきにこんなとこで迷ってしまったらおそらく帰れないでしょう。地図アプリは常にひらいている必要があったけんど、それ以上にうーちゃんはSNSを欲していました。うーちゃんが山にひとりでいることとなんか関係なく絶えず誰かが日常生活をしているネットを眺めたくってひらくと、めずらしくタイムラインが飛ぶように流れているんです。ざっとさかのぼり、みんなの引用した投稿を見て、あすか座の俳優である北川洋次郎の引退を知りました。ようじさんといえばうーちゃんの応援している西蝶之助が女形するときの相手役になることが多い看板俳優です。次期座長とも期待されてたんですが、ファンとの結婚にあたって引退を決意したと書いてありました。うーちゃんは、その衝撃を衝撃として受け止められないいんを感じました。そいは現時点で「起こっている」んではなく「起こってしまった」ことなんです。うーちゃんは何かに出遅れてしまったような気いするんでした。『ありえない』『なんで結婚でやめる必要があるの？　いちファンの分際でなんも言えないと思う、偉そうに説明責任とか言っている人はなんなの？　説明は？』『いちよーじさんおめでとうございます！』『いや思考停止　まって』『仕事やめちゃったら家計どうするんだろ』『相手の女あれやん、サクラコじゃない？この間の出待ちででっかいリボンつけてた』『別の仕事あるんじゃないかなあ、前劇団は副業って言ってた気がする』『うそまじ』『泣いた』『サクラコはない笑』

あえてそいなことには触れないで、『ひるから手術』とつぶやきます。少しだけタイムラインの勢いは弱まりましたが、これだけの騒ぎだかん、いつものように静まりかえることはありません。

『無事でいてほしい』『無理』手は止まりません。『もう最期かもしれないから、麻酔打つ前に話してきた』うーちゃんは悲痛のために顔が赤くなるのを感じました。事実、手術は昼から始まる予定なんでした。倒れた木の上に座り込んで、こんなふうに携帯をいじっているうーちゃんをおまいは情けなく思うかもしれん、かかを見捨てたと思うかもしれん、そいでもうーちゃんはかかのために悲しんでいたのです。うーちゃんがこうやってつぶやいている内容とまるきしちがって、手術で死ぬことはほとんどないとわかっていたけんどそいでも想像で悲しみました。そんときにはもうタイムラインは静まってたんに、緑さんだけはそいなうーちゃんを無視するようにようじさんの引退話について喋り続けました。またかっとなりました、そいから決意しました、かかは二時間後に手術で死んだということにしようと思いました。

山の沈黙んなかで一時間ほどぼおッとして、たちあがり、またゆっくしと歩き出しながら、うーちゃんはようじさん引退をふくめた数々の偶然に思いを馳《は》せました。たまたま今日うーちゃんと同じ横浜からきた寺にゆかりのある方のご家族、そのおかげで会えたほんとうは閉ざされているはずのほとけさん、ハムスターの死、大門坂で会ったおばさんから教えられた一年に三度しかない本尊御開帳、さらに那智《なち》大社《たいしゃ》は改修されとります。いろいろなことの起こるタイミングが重なりすぎているんです。下くちびるに雨がかかりました。睫毛の上に重い空気がのっかったように思い、うーちゃんは二回、そいを振り落とすようにして瞬きをしますが、森を蠢かす空気は分厚こい湿気をまといはじめていました。下から見ると灰が落ちてきているようにも見える曇った空は山全体を覆い、とおくのほうで雷を引き起こしていました。台風の時期でもないんに真冬に雷雨なんてなかなかないでしょう、ババの台風の話を思い出しました。急ぎ足で階段を下りていく人がちらほら見えます。うーちゃんはフードをかぶって俯きました。白い息が漏れ出んよう口を引き結んで、雨粒が落ちて黒こい染みの増えていく石の階段をひとつひとつ踏みしめながら上っていきます。階段とはいっても岩をただ積み重ねてかろうじて段状にしたようなところもあって、不安定な箇所を踏みつけるたんびに背中に力が入ります。

すれ違う人の顔も見ませんでした。何度か平坦な場所に出ても、案内を見てまた階段に差し掛かるとふたたび自分の足許だけを見つめながら上っていきます。森を抜けてもまだ続く階段を上っていくと、とうとう大きな鳥居が見えました。

改修中で灰色のカバーに覆われた神社の、隙間からちらと見える濡れた朱色が、いっそう重厚に見えます。青岸渡寺の雨に萎れた西国三十三所巡礼第一番札所ののぼりがかすかに靡いています。うーちゃんのめあてはふだん本尊のかわりに置いてあるらしいお前立ちの如意輪観音《にょいりんかんのん》さまだったんですが、そいが今日は見られないとのことでかるい失望を覚えました。小さく金色にかがやくらしい美しい女性のような見た目のお前立ちさまではなく、黒い雄々しいすがたをした如意輪観音さまが暗いお堂の奥の方に不確かに見えるだけなんです。うーちゃんは、五円玉を投げ入れて頭からっぽうにして手を合わして、三重の塔に向かいました。内部にはひどく鮮やかな、たといば東南アジアの国にありそうな彩色の来迎図《らいごうず》が貼っつしてあって、金ぴかの千手観音さまなんかがエレベーター脇に安置されています。上の階は外に出られるようになっていて、大滝がはっきりし見える展望台のようになっているんでした。小雨のなかの滝は、細かな飛沫《しぶき》をあげながら、幾重にもなったオーガンジーの布がほぐれていくようになめらかに下に降りてゆきます。曇り空の奥にひろがる淡い夕暮れの色が透けて、その光を受けながら落ちていく衣のような水の束をぼんやりと眺めながら、煙に似ている、と思いました。ちょうど夕子ちゃんの葬式のときに明子の肩越しに見た、あの亡骸《なきがら》を燃やす煙の流れを逆に再生したかのようだったんです。水のにおいがしていました。

携帯を取り出して写真を撮ったけんど、その荘厳《そうごん》な景色はもちろん端末のカメラなんかにうつりません。もはや初めにネットは使わんと決意したことも忘れて、SNSアプリをまたひらきました。失敗したみたい、とつぶやきます。静かなタイムラインに、『母が亡くなりました。元々危険性の高い手術だったので、覚悟はしていたけど、整理できない気持ちが強いです』と続けます。ネットの静けさは、そのまんま、目の前の景色の静けさなんでした。おまいはこんな嘘を書き込んでしまううーちゃんを軽蔑しますか。無論するでしょう、世間のすべての人間が軽蔑するでしょう。書き込んだ瞬間にうーちゃんはたががゆっくし外れるのを感じました。静かな孤独の山は、豊満なからだつきの女が身を横たえたすがたにも見えます。昔、かかが誰かに殺されてしまう真夏の昼下がりの悪夢から目覚めた暮れどき、風のすっかし凪《な》いだ沈黙のなかで、横たわるかかを眺めていたんを思い出しました。泣きながら目覚めたはずなんに、かかは起きませんでした。今すぐにでもたたき起こしたいんにまさかという思いがうーちゃんをとどめてやまないんです、仰向いたかかの胸と腹と尻と腿とふくらはぎのつくる濃いグレーの影ぼっこは稜線《りょうせん》のようにこんもりと不格好に伸びていました。目の前に広がる、かすみがかった海に続く山々は、女のからだと同じく深く呼吸をしているんでした。うーちゃんは古代より連綿と受け継がれる生命に責められているように感じました。そいして、あの横浜の家が、ひどくみじめで懐かしいもののように思われて、帰りたいと思いました。ふるえた胸からしぜんに熱い涙の予感が溢れてくるんのに安心しました。かなしみによって、この嘘が嘘でなくなってくれるような気いしたかんです。うーちゃんはまた携帯をひらき、胸をこおりつかせました。

そいは緑さんでした。『まだ引きずってる、ショック』『推しの結婚無理すぎん?　みんなどうやって乗り越えてるんだろう』四つも五つも、なんらふだんと変わらん愚痴が続いていて、ひとつめのつぶやきはうーちゃんの最後の投稿時間から一分も経っていないんでした。他のフォロワー全員がだまっていたかん、緑さんの投稿だけがタイムラインを埋めていました。

うーちゃんは呆然として、うーちゃんの言葉をまるっきし無視して増えていくそいを眺めていました。そうすと、ぴこんと携帯が鳴って、ミノリさんからメッセージが届きました。大人らしいお姉さんという印象で、文章も硬く近寄りがたかったかん、あんまし絡んでなかった相手でした。『手術の前から勝手に心配しているだけでメッセージは送らなかったのですが、今回どうしてもスルーできませんでした』文面を考えてくれたんでしょう、たっぷし三分くらい遅れて『返信不要ですが、私の電話番号です。もし誰かに話したい気分になったりしたらここへ連絡してください』とふたたびメッセージが来ます。他の子からも次々に似たような文章が送られて来て、うーちゃんはなんとか胸に息を取り込もうとしながら携帯に文字を打ち込もうとしるんですが、この人たちに返せる言葉なんか到底思いつかん。急に恐ろしくなってラビのアカウントを消しました。たった五つのアクションで消えました。

こおりついた胸がどくどくと動き始めます、血液が雪解け水の引き起こす濁《だく》流《りゅう》のように流れはじめ、全身の毛孔がひらいて脂汗が噴き出すようでした。うーちゃんは三重の塔の階段を駆け下りながら、突然『あけぼののやのクッキー』と言った明子の声が、耳のなかでなまなましくよみがえりました。あすこのクッキーにはピーナッツバターがふんだんに練り込まれているんです。ババが好きなんで昔はよく買ってきていたけんど、かかはそのたんびにうーちゃんやおまいや明子に譲っていたんでした。そいを食べているときはかかのしあわせそうな顔で気づかんかったけんど、あとになってアレルギーだかん自分は食べないで譲ってくれてたんを知りました。明子は、かかを殺そうとしているんかもしれん。うーちゃんがいないあいだに、かかをアナフィラキシーショックで殺そうと思っているんかもしれん。アレルギーで人が死ぬことは大いにあります。少量なら心配ない人もいるけんどかかはそいではなかった、手術後の免疫が弱まった状態で、麻酔がまわって前後不覚の状況で少しでも食べてしまったら気管が腫れ上がって呼吸できんくて、かならず、しぬ。おなかが破裂しそうに痛くてたまらんくなりました。明子を病室に来させるなと連絡しなければならないかん、うーちゃんは、すぐさまおまいに電話しました。そいでも、病院にいて電源を切っているのか、この山んなかが繋がりにくいんか一向に繋がらん。ばちがあたったんだ、と思いました。人の命をもてあそび不幸に嫉妬し踏みにじったばちがあたった。そいはうーちゃんをぎらぎら興奮さしました。

すべてのばちあたりな行為はいっとう深い信心の裏返しです。畳のへりを執拗に踏む、大してうまくもないだろう奥の間に鎮座する仏壇の和菓子を人目を盗んで食う、線香の焼け落ちたあとの灰を蠟燭《ろうそく》の先でぐちゃぐちゃにかき混ぜて飛び散らかす、そういうことをわざとやってみることは、そのばちあたりな反抗は、何か理解を超えた力があるという前提に立ってこそ存在しうるんです。はなからそんなものの存在を想定していない人間は畳のへりなど気にせずに歩いて通るほかなく、わざわざ仏壇の線香くさい菓子なんぞ盗み食いしようとも思わないはずです。ばちあたりな行動はかみさまを信じたうえでちらちらと顔色をうかがうあかぼうの行為なんでした。そいしてばちがあたったとき、その存在にふるえながらようやく人間たちは安心することができるんです。自分のことを本当に理解する誰かと繋がっているという安心感に、身をまかしることができるのんよ。

うーちゃんは泊まるはずだった宿に立ち寄る気分にもなれんくて人がいては思い切りわめくこともできんかん、山をさらにのぼることにしました。曼荼羅のみちはまだ続くんです、この嵐のなか深い山を歩いて奥までいけば何かと会える気いしたんです。女一人で歩くんは到底無理かも知らんけど、ここのかみさまを怒らしたからにはさらに奥に進むほかないと思いました。もしかすると、かかをにんしんするにはかかがしなねばならんのかもしれん。誰かの命日に生まれたあかぼうが故人の生まれ変わりだと言われるんはようある話でしょう、そいとおんなじです。かかはこの世に二人はいんから、うーちゃんがかかを産むためには今のどおしょおもなくなってしまったかかはしぬ必要があるんです。頻発する偶然もきっとこの信仰の復活の予兆だったにちがいありません。

うーちゃんは縺《もつ》れる足を濡れた土のなかにひたすらに突き刺しながら歩きました。電話は鳴らしっぱなしで電池残量はもう十パーセントを切ってました。うーちゃんはかかの無事をすっかし諦めて興奮していました、はっきょうしずにやっと信仰を復活できるんですからあたりまいです。もはやおまいにかけ続ける電話はかかの死を確認するためのもんでした。明子がかかを殺した、悲壮な声でおまいが言ったら、それにかぶして言ってやるつもりでした。うーちゃんはかかを身籠《みごも》ったよ、じきに産むよ、だかんしんぱい、しなくていいよ。

　みっくん、おまいはうーちゃんが旅に出る前、もう家にいるのはいやだ、くるいそうだ、もうくるっているかもしれないと言いましたね。おまいのことは身内だからうーちゃんには判断はできんけど、自分で自分がくるったか判別する方法をひとつだけ教えます。

　自分がはっきょうしたのか手っ取り早く知りたかったら、満員電車にすわってみれ。ほかの席が満ぱんのぎゅうぎゅうまんじゅうなのにお隣がぽっかしあいていたとしたら、それがおまいのくるったしるしです。

おまいがいないとき、かかには両隣を埋める人間はいないかん、うーちゃんは必ずかかを端っこに座らせて自分がしっかと詰めて隣に座ります。ちょうどホロがウチら人間に寄り添い、尻や腹を押しつけて座るように。

ずっとそうやってきたんです。隣があいたらかかが傷つくかん、ひとつあいても座らしちゃいかん、長椅子のはしっこが二つ連続であかなくちゃ駄目なんよ。それまでは、いくらかかが眉をハの字にまげても、手の甲が白こくなるほど強くつかんだ吊革をギイギイ言わしても、どんだけかあいそうに思っても、決して座らしちゃならんのよ。

そいでも、そんな生活ともさいならです。うーちゃんを産むことでよごれてしまったかあいそうなかかはもうすぐこの俗世から解放されるんでした。ようやくすくわれるんでした。もうつたえられんけど、もし生きてるうちにかかに会えたらこう言ってくださいい、ありがとさんすん、まいみーすもーす。

体力は電池残量と等しく削られます。地図アプリは電池を食うかん落としてしまいました、もうどこをどう歩いてるかもわからんくてうーちゃんはわらいました、わらったら胎のなかで何かが蠢く気配がしました。きっとかかも同じように痛いんでしょう、つわりのような吐き気も、アレルギーで喉狭まって呼吸できん苦しみも、目の前が霞《かす》む感覚も同期しているんでしょう。脚の付け根のあたりは血で濡れて熱くなっています。胎が張って痛くて、なかから湧きあがった吐き気は実際にすっぱいにおいする胃液とコンビニのおにぎりの消化しきれてないご飯粒になって、濡れた枯葉の上をどろどろと流れます。びかりと空が雷で強烈に光ったとき、身籠ったと思いました。かかがしんだと思いました。そんとき、ずうっと耳元で鳴っていた電話が繋がったんです。相手は当然、おまいでした。

電話を切って、数秒して口を大きくあけると、雨粒があたたかな粘膜に触れます。冷気が喉笛《のどぶえ》と気道と肺をいっしゅん収縮させ、焼き切れるような声をだして、うーちゃんは泣きました。

かみなりが鳴り、かたくなったカイロをはっつした下着越しに痛む腹を覆う。ずっと昔、おんなじようにしてへそを隠したことがあるんを思い出しました。あんときには腹を覆ううーちゃんの手にもうひとまわり大きな手がかぶしてあって、かみなりさまがおへそをとるよと言う声にも目の奥にも、からかうような、いつくしむようなわらいが滲んでいた。

いつから、信じてはいけんものになったんでしょうか。あの言いつけを真《ま》に受け続けることの、なにが、いけんのでしょうか。

泣きながらひたすら脚をうごかしました、浸水した靴がぬかるみに食われて脱げ、毛糸の靴下が泥でよごれます。うーちゃんは浅くしか呼吸できん胸に無理やり湿った空気を取り込みました。デパートの屋上だろうと都会の交差点だろうと迷子の泣き声が呼ぶもんはいつも決まっています。

かかあ、とうーちゃんは叫びました。まぶたの裏に光がはじけ口のなかに濡れた髪が入ってきます。髪に絡めとられた熱い舌を懸命に動かして、からすのようになきます。かかあ、かあかあ、喉をしぼって吐き出すたびにかかに対するかなしい懺悔《ざんげ》混じりの愛《いと》おしさが胸を裂くように噴き上がってくるんです。涙が喉を突きあげてくるんです。うーちゃんはかみなりさまにききたかった、なんであかぼうのへそを奪うんか、かかから引き剝がすんかききたかった。

かか、とまた呼ぼうとして喉がつかえ、泣き声が途切れて醜い息の音だけが聞こえました。この感覚をうーちゃんは知っていました。自分の中身がどこかへ行ってしまいそうなとき、電話する相手をさがしながら連絡先の一覧をスクロールするときのあの感覚、結局誰にも連絡できんで携帯閉じる瞬間のあの感覚、不特定の誰かはつまりかみさまです。不特定の誰かなんてほんとはどこにもいなくって、いるのは特定の、別々に生きてる人たちだけなんよ。あかぼうと母親を繫ぐへそのおはほかの何者でもない人間によって切断され、へそのおの痕跡はへそとして人間の中心に淋しくのこりつづける、もしへそを消してしまえるんなら、消してしまえる存在なんかが本当にいると言うんなら、むしろその痕跡ごと奪い去ってほしかった。

頬が濡れて目の前は目眩したみたいにぼんやり白んでいます。ずいぶん下のほうに編み上げ式の黒こい靴がころがっているんが見えたかん、泥にまみれたあの靴を履こうと思いました。

手術は成功でした。明子がもってきたのは結局ゼリー飲料だけだったし、あのあけぼののやのクッキーの一言は嫌味というか、冗談だったたんでしょう。山でうーちゃんを襲った強烈な腹痛はただの生理痛でした。病院の、あの息つくたんびに水音のする管に繋がれ高熱出しながら、かかは生きていました。ねえだけど、みっくん。うーちゃんたちを産んだ子宮は、もうどこにもない。

三十一日

倒れていった赤い自転車、――の前輪と後輪がから回るあいだ、自転車から立ちのぼる不可思議な余韻は尚子《なおこ》を縛りつけ離さない。尚子は見ている。前かごが下草の生えた地面にぶつかり、銀色の光を放ちながらはずみをつけて道へ飛び出す、前かごに入っていた袋から冷凍食品や麺類がつみかさなったまま滑り出す、「すでに倒れた」はずの自転車をたしかに視界に入れながら、尚子は同時に、風に横からあおられ均衡を失ってゆく自転車を瞼《まぶた》の裏に見つめ続けている。手遅れという感触が言葉にならないままよぎり、それに追い立てられるようにちいさく口をあけた尚子は、倒れたと思った。自転車が倒れた。

自転車を起こそうと近寄ったのと、その女が角を曲がってくるのとは同時だった。女は、あららといって一度自分の荷物を草むらに置き、自転車を日陰に寄せるのを手伝った。「風がね」一瞬こちらを向いた鼻が異様な存在感を放った。帽子を目深に被り、眼窩《がんか》と鼻の付け根のあたりに影が落ちているので、日の当たる鼻先だけが際立って感じられる。だが尚子がそれを認識したときにはすでに女は背を向け、腰を曲げ、散乱した食材をひろいあげており、はい、はい、と尚子に手渡した。「これ、わたしのではなくて」尚子は受け取ったものを袋に詰めながらやっと言った。

「そうなの」「はい」「なんだ」と女は言い、手早く渡していた食材を、今度はじろじろとひとつひとつ確認しながら渡し始める。「このあったかい日に放置してたら傷むよねえ」女は、青いビニールに入った二、三尾の鰯《いわし》を、尚子の手にしたレジ袋に入れる。魚の腹がもみ合い窮屈そうに詰められる。そのにぶく光る魚の腹を見ながら尚子は、たしかに暖かくなったと思った。すべて詰め終わると女は食材を見ていたのと同じ目つきで尚子を見て「お寺さん行くの？」と訊いた。

「奥のお墓、あの、飼い犬ですけれど」人間ではないが、と断っておかねばならないような気がして言う。大学の講義を午前ひとつだけ受けた帰りに、墓参りに来たのだった。

「ああ、あの大きな」女は風を取り入れるように片手で帽子を浮かせ、茶髪に指を立てて梳《す》くと肩に髪を寄せてまたかぶり直した。二週間ほど前に亡くなった尚子の家の犬は、その日のうちに火葬され、この道の先にある寺に納骨された。女はそのペット用集合墓にある、ひときわ大きな墓石のことを言っているようだった。二、三言交わし、女が会釈して駅のほうへ去っていったあと、白い鼻の脇にうっすらと汗をかいている女の顔つきが暫《しばら》く尚子の脳裏に残った。

木立のつくる暗がりに停めた赤い自転車は、首を少しかたむけたままもう数十年も昔から佇んでいたようにそこにある。尚子は森の脇道を過ぎ、寺へ続く短い階段を上り敷居をまたぎ立ち入った。本堂に至る道を歩いていくと、石畳の上に降る桜蕊《さくらしべ》の紅い色が目に痛みをともなない染み入ってきた。

金曜で、人は見渡しただけでも三人ほどいた。柄杓《ひしゃく》と檜《ひのき》の桶を手に取り、桶に水を入れて歩くと、光を含んだ水は音をたてて揺れ、尚子の足取りをあやうくさせた。集合墓に撒《ま》く。砂利のあいだに生えた草の先が水をうけて一瞬しなる。墓石の前で揺れている黄色とピンクと白の花は、名前は知らないが色合いや形からして仏花ではないのだろう、と手を合わせ目をつむりながら思った。犬を火葬したときのことが浮かんだ。母の買ってきたピンクのガーベラを飾ると、焦点を結ばない剝製《はくせい》のようになった目にわずかに光がもどったようだった。火葬場のおじさんに言われるまま線香を一本ずつあげ手を合わせる。線香はペット用の短いものだったが、尚子は今思い返すときになってそれを、小さな鍋でパスタをゆでるときに半分に折るのに似ていると思う。それから火葬場で送り出したときの記憶に至りそうになり、尚子はそれを慎重に避け、合わせた掌《てのひら》が汗ですいつく感触を追った。風が孕《はら》んでいる若葉の青い匂いや、背後を通る人影、頭上を旋回していく鳥の鳴き声を追った。日に当たっている自分の身体の輪郭をなぞるようにしてから目をあけ、立ち上がったときによろめいて黄色い花をつけた草を踏んづけた。スニーカーは四月の初めに買った新しいものだった。わざとだったかもしれない、と柄杓と桶を返却し、本堂のあたりまでのゆるい坂を下ってきてから思った。

境内の建物の脇に冷えたほうじ茶ありますと書かれた立札があり、喉《のど》のかわきに気づいたので、両側に紫陽花《あじさい》の植えられた細い道を入った。下駄箱に靴を入れると、首のうしろで髪をひとつに束ねた女がやってきてこちらにと言った。今度は女は汗ひとつかいておらず、濃いアイラインが薄化粧の顔の中で目を引いた。冷えた廊下を進み、角を曲がると赤い敷物に黒く塗られた低い机が並んだ部屋が見える。ビニールで覆われたメニュー表を剝《は》がすようにひらき、ケーキとほうじ茶のセットが強調されているのを見ながら、ほうじ茶だけを頼んだ。

それから尚子は、硝子戸《がらすど》越しに、松に囲まれた小さな庭園を眺めた。犬が死んだ日から、尚子の目にうつるひとつひとつが妙に、尾を引くのだった。目にあびせかけられる光景は、しばらく尾を引いたまま次の光景へと重なり、だが思い返すときにはすでにその光景は失われている。鳴いていた鴉《からす》が沈黙してから、その声の名残を思い出すように。雨が降ってはじめて、そういえばさっき日が翳《かげ》ったと思い起こすように。目の前を雨が降っているのに、降り出した最初の一滴がまだ尚子の目の中にあった。松の色をとりこんだ緑の雨が映っている尚子のその目は、遠く、湖をおよいでいる犬の背を追いかけていた。巨大な湖だった。風が吹いては金色にめくれて、もとの水に重なるときには黝《あおぐろ》く変貌している水の、その繰り返しのつくりだした湖。犬の向こうには黒ずんだ山影があり、そこへ落ちていくやはり巨大な夕陽がある。犬はせっせと犬かきをしている。およぎ、およいでいき、振り返らない。

十四年前、犬は来た。当時は珍しい犬種で、飛行機の貨物室に乗せられてきたのだ。春休み中の子どもらも含め、家族全員で車に乗り込んで空港へ向かった。指定された場所にはいくつかケージが並べられており、母がすでにきめてあった名前を呼びながら小さなケージをのぞき込むと不機嫌そうな猫が一匹いた。大型犬でも入るような一番大きなケージを最後にのぞくと、その青と白の大きなケージの端っこに、小さく丸く、オシッコのにおいを全身にこびりつかせて仔犬がいた。母がうれしそうに名前を呼んだ。父がにおいをものともせず抱き上げ、ほおずりした。青い車は、あれやこれやと今後のことを話す家族を乗せて、桜並木を突っ切っていった。家に連れ帰り、夕飯にするとすぐ仔犬が落ち着きなく歩き始め、まだちいさかった弟が仔犬の様子をじっと見ながら「トイレかも」と言った。慌てて、用意してあったトイレにペットシートを敷き、息をのんで見守った。後ろ足をまげ、しゃがみこむようにオシッコした仔犬は盛大にほめられた。口をあけると笑顔のようだった。母が蜜柑《みかん》をやった。それ以来、蜜柑は犬の好物になった。犬はよく、夕飯を食べている家族の足許をするすると抜けて蜜柑をもらった。一房ずつあげても全員をまわると四房になるのに味を占めたようだった。おもちゃも買い与えられたが、橙色《だいだいいろ》のボールが一番好きなようで、三つ同時に投げるといつも橙色のボールを追いかけた。

昔、旅先の湖で白鳥型の足漕ぎボートに乗っていたときのことだ。犬も乗せられるというので、リードをつけ、母が犬を抱いて家族で乗り込んだ。父と尚子が漕いだが、尚子はすでに太腿の外側が痛くてたまらず、漕ぎ続ける父の横で勝手に休憩をはさんでいた。うしろで、乗り気でなかった弟が犬をだっこしたいと言い出した。母が「気をつけてね」と言いながら弟に抱かせようとしたそのときだった。突如あばれだした犬は、弟の両腿を蹴り、伸びあがったかと思うと湖に飛び込んだ、と言う。悲鳴が上がったが、尚子が振り返って慌ててボートの脇を覗いたときには、犬は犬かきで優雅におよいで離れていくところだった。リードがどんどん、伸びていく。きゃーっと言いながら母は、リードを手に巻く。母がリードを引き、父が漕ぐ足をとめて尚子と席を替え、抱き上げた。戻ってくると、犬はぶるぶると全身を震わせ全員がまた安堵まじりの悲鳴を上げた。もう、いきなり、と言う母に、ぼく持ってたもんちゃんと、と弟が拗《す》ねる。突然、「蜜柑だ」父がうれしそうに夕焼けに照り輝く湖を指さして言った。湖には橙色の巨大な浮きがいくつか浮かんでいた。

あの浮きが、蜜柑かボールに見えたんだと思うよ。

思い起こす。落ちて大騒ぎになっていたから本当はあまり見ていなかったのかもしれない、誇張されているかもしれない記憶だ。はじめての湖をものともせず、犬はおよいだ。胸元で前足を搔きながら、橙色の大きな塊を目指した。そのとき犬は何を考えていただろう。暮れていく湖に対峙する犬のその両目にしか見えない世界、尚子の一生知ることのない世界がそこにひろがっている。

それから数年が経って、犬は蜜柑を食べなくなった。鼻に近づけても、少し嗅いだきりでしょぼついた目を伏せ、顎を前足にのせた。そしてもうひとつ、好きだった橙色の丸いボールは足腰が立たなくなっても追おうとし続けた。前足でつかまえ、立とうとして、立てないことに自分で驚いたように目を瞠り、何度も立ち上がろうと踏ん張って無様《ぶざま》にひっくり返った。尚子の耳に、床に爪や骨のあたる音が痛ましく聞こえた。もっと散歩に行っておけばよかったとそのときようやく気づいた。遅かった。

弟とふたり、かわるがわる抱きかかえながら徒歩五分の動物病院につれていくと、椎間板ヘルニアと診断された。その夜に吐き、翌日は父母が行った。ストレスで膵炎《すいえん》を発症したと診断されたらしく、一週間で退院してくるからと病院に預けられたのが土曜の朝だった。入院したよと言われて起きた。行く前に会いたかったと思ったが、休診日以外には面会に行けるらしい。土曜に預けられた犬は、動物病院の閉まる日曜、一日じゅう病院の中で過ごした。入院だとわかればいいけどとその夜尚子は話した。捨てられたと勘違いしてはいないか心配で、とりあえず面会できればその不安はぬぐえるかもしれない、月曜になったらはやく面会に行こうと思っていた。明け方まで眠れず、あと数時間後に会えるからと目を閉じた。

○○死んじゃった。

父の声で尚子は目覚めた。

車でむかえに行き診察室に入ると、白い毛の犬が右半身を上にして診察台に横たえられていた。焦点を結んでいないあいたままの目を見て、うぐ、と家族のひとりが喉につまった音を出した。犬は一枚のトイレシートの上にいた。急な入院だったのでお気に入りのタオルもおもちゃもなかった。

尚子を想像が突き刺した。誰も口に出さなかったが、家族全員を、似た想像がなぶっているに違いなかった。それは犬の最期だった。一匹、世界から意識が消えいる瞬間犬は何を思ったろうか。吐いたものを喉につまらせ、息ができずもがいて、なぜ誰もやってこないのだろうと思いながら息絶えたのではないか。入ってきて抱きしめてくれる瞬間を最期の最期まで心待ちにしていたのではないか、……。

病院での寒々しい終わりをどうにかして覆うように、声をかけ、くすんだピンクの毛布につつんだ。犬を抱き車に乗り込んだ弟の肌荒れした顔が海の波のように光り、押し殺した声で犬の名前をつぶやいたそのあと、弟は毛のなかに顔をうずめて泣きはじめた。目をあいたまま犬は揺れていた。

まばたきした、と尚子が叫んだのは帰宅してケージの前に横たえたすぐあとのことだった。いま動いた、絶対に動いた、まだ聞こえてるよ、お礼言おう、尚子は太い声で言った。たしかに動いたのだ。尚子のその声の太さに、玄関や洗面所にいた家族があわくったようにやってきてよびかけた。普段はばかげたことなど信じるはずもない家族が、そのとき全員、膝をついた。〇〇ちゃん、〇〇、あいしとうよお、ありがとうね、うちにきてくれてありがとうねえ……、いまでも尚子は聞こえたのだと思っている。取り返しのつかない瞬間をとりもどし、いまが最期だというみたいにお別れをして、そうでなければ、苦しい。閉じられた本当の死の瞬間に加え、訃報を耳にした瞬間、瞼が動いた瞬間、火葬炉の扉の下りる瞬間、骨壺の蓋をしめる瞬間、いくつもの節目をつくってずらしていかなければ耐えきれない。

二人連れが案内されて来て、慌ててほうじ茶の入った湯呑をつかんだ。まだ飲んでいなかったほうじ茶を一気に飲み干し、尚子は会計しに立ち上がった。鳥が一声鳴き、雨があがっていると気づいた。外に出ると藻《も》が生えているのか緑に翳った池があり、しゃがみこんで水面を見ていると急に石畳を爪でひっかく音がしゃくしゃく近づいてきた。ペット用の墓があるのだからペットも連れ歩くことができるのだろう。体全体が跳ねまわっていてつかみどころがなく、すみませんと謝る飼い主と目の合う暇もなく、ああかわいいと声にだして撫でるとあわただしく去っていく。やはり去っていってしまってから、手の中に毛並みの感触が残った。ちいさなプードルだった。茶色いプードルは急な階段をものともせずのぼっていく。一日一日を大事にしてくれという言葉がうかび、おせっかいなことだと頭から追い出した。追うようにして境内の外に出たときには姿はなく目の前の緑色の柵に駐車場への案内があるばかりだった。赤い文字や赤い矢印は、日に焼けて薄くなっている。風が吹く。木立の葉の裏、自動車のホイール、遊具の手摺《てすり》、家屋の外壁に走るパイプ、雨水の引き切らない路面、街中に埋まった銀色が風に吹かれて目覚めてゆくように光る。尚子は自分の心のなかに銀色の何かがあるのなら、いま風に呼び起こされ光っているだろうと思った。まぶしさに目をほそめた。泣きたいというより、涙をながすときにもまぶしいときにも目をほそめる仕草をするから泣けてくるのかもしれなかった。晴れわたる空の青さをあびて、家々の屋根は艶々と黒い。

行きとは別の下り坂をゆくと、光に揺れる街があった。歌謡曲の流れる商店街に差し掛かる。中華料理屋の店先で惣菜を買い硬貨を渡す男と、掌に硬貨を受け袋を手渡す女の仕草が緩慢に見える。リサイクルショップで体に服を当てている女の姿見に映った体つきが、通話を終えた男が携帯電話を尻ポケットに入れようとして手こずる様子が、猫を避ける自転車の一瞬のぐらつきが尚子の目に残る。寿司屋の店員と目が合い、尚子はそこから目を逸らす気力も惜しく、値下げのシールの貼られた寿司のパックを買った。尚子が財布をしまっているとき背中に向かって犬が吠えた。とっさに尚子は身構える。繋がれた柴犬だった。犬は尚子に向かってもう二度、三度、吠えた。ワ。ワフ。ワフ。尚子に向かって威嚇し吠え続ける。尚子はにやりとした。寿司の袋を手にぶらさげた尚子は、それから早足に商店街の角を曲がった。吠え続ける柴犬の声が遠くなる。赤信号がちょうど青になり、小学校の脇を通り、コンビニの駐車場を過ぎるころには駆け足になっていた。家につくと尚子は、上着を脱ぎ、手を洗いうがいをし、プラスチックパックの蓋を開けて裏返すと醬油の小袋の封を切り、指を汚した。舐めとり、雲丹《うに》を食べ卵を食べ、鯛《たい》を食べている途中、テーブルの端にある小さな、黒く乾いた塊が目についた。いつからついているのか、醬油かソースのしみのようなものが乾いているのだろうかと思った。小指の爪でこそげ落としているときだった。……ふいに……世界がめくれ上がるように思った。

耐えがたい哀しみが頭蓋骨にふかい裂け目をつくり黒い穴をのぞかせる。理不尽な一瞬にあらがえるものなど本当はこの世には何一つとしてないと尚子は思った。寿司を口の中に入れたまま喉がくぐもった声を出した。涙が噴き出たがそれは尚子をひとつも癒さなかった。終わる。終わっていく。戻ってはこない。なにひとつ取り返しがつかない。

日が暮れたことに尚子は気づいていた。涙の名残でしろっぽい視界は、尚子の見た穴をかくすようにぼやけている。誰も避けては通れないはずの不条理な黒い穴は、普段は日常が覆っている。生活とはその穴に薄い布を丁寧に覆いかぶせる行為だ。尚子はリモコンの赤いボタンを押してテレビをつける。薄暗い、ぬるい冷房のにおいのする居間だった。食べかけの寿司は乾いている。わははと尚子はわらった。

解説

町田康

宇佐見りんのデビュー作、『かか』を初めて読んだとき、私は、「そらおそろしい書き手が現れたものだ」という印象を受けた。そして今般、改めて読み返したが、その印象はますます強くなり、「そらおそろしいどころではない、もはや怪物級といってよい」と思うに至った。

以下、その内容と語りについて記す。

この小説の語り手・うーちゃんは十九歳の女性である。それくらいの年頃の娘というものは（息子もそうかも知れないが）、それなりに悩みや苦しみもありながら、同時に、それと同じくらいか、またはそれ以上に、命の盛りにあることによる喜び、楽しみに溢れて、青春の日々を送っているように年長者には見える。

しかるに、この、うーちゃん、はそのような喜びとは無縁に暮らし、身の内に痛みと苦しみを抱えて、それを根本から解決するべく旅に出る。

それがこの小説の根底にある物語なのだけれども、そんなら、その痛み・苦しみとはなになのか、どういった経緯で、そんなことになってしまったのか、というとそれはもう端的に言って、この小説の題名にもなっている、かか＝母親、の問題である。

とと＝父親、が母親以外の女性と関係を持ち、家を出て、仕方なくうーちゃんと、おまい＝弟・みっくんを連れて実家に戻ってからこっち、母親は病み、自傷行為や大量飲酒といった奇矯の行動を繰り返し、その結果、母親の人格も家庭も荒廃して、うーちゃんはそのことに苦しみ傷ついていたのである。

というと、それは母親との関係に苦しむ、というように聞こえる。まあ、言えばそうなのだけれども、この小説においては単純にそれだけとも言えない点が二つほどある。

なにかというとひとつ目は、うーちゃんが母親と分かちがたく一体化しているということで、そしてそれは精神においてではなく、肉体において一体化してしまっており、母親が自傷すれば、うーちゃんもまた、同じ箇所に痛みを覚えるのである。

これは大変なことで、よく、「人の痛みがわかる人間になれ」なんてなことを言うが、しかしそれはあくまでも、その人の立場に立って考えて、助けるなり励ますなりしてやれ、程度のことで、実際に痛みを感じて苦しめ、と言っているわけではない。

というか自分が実際にその人と同じだけの痛みを感じると、その人を救うことも励ますこともできず、共倒れになってしまう。

しかるに、うーちゃんの場合は、本当に痛みを感じてしまう。しかもそれが自傷行為であるわけだから、母親がそうしたことを始めれば、優しく接するというよりは、怒りを覚え、あべこべに、「そんなことしたらこっちが痛いだろう。少しは人の気持ちを知れ」と怒鳴りたくなるのである。

だが、うーちゃんはそれをしない。なぜかというと、それが、単なる親子関係のトラブル、と言えない二つ目の理由で、それは、なぜ母親がそんな無惨なことになってしまったのか、ということに対するうーちゃんの考えによる。

人間は無惨な人であれ物であれ景色であれ、無惨なものを目の当たりにして、それをそのまま受け入れることはできない。「いったいなぜこんなことになってしまったのだろうか」と考える。

母親の姿を見てうーちゃんも考える。

なぜ母親はこんなことになってしまったのか。それはとと＝父親に捨てられたからである。そして、にもかかわらず母親は父親を希求したからである。ではなぜ母親は父親を希求したか。それはババ＝祖母が夕子（母親の姉・うーちゃんの伯母）のみを愛し、母親を愛さなかったからである。

そして母親は父親に捨てられたことに固執している。或いは父親そのものに固執している。そのことが母親を無惨にしている。それらに固執しなければそれほど無惨でないのに固執するのはなぜか。

それは、自分が生まれたからである、とうーちゃんは考える。


かかをととと結ばせたのはうーちゃんなのだと唐突に思いました。うまれるということは、ひとりの血に濡れた女の股からうまれおちるということは、ひとりの処女を傷つけるということなのでした。かかを後戻りできんくさしたのは、ととでも、いるかどうかも知らんととより前の男たちでもなくて、ほんとうは自分なのだ。かかをおかしくしたのは、そのいっとうはじめにうまれた娘であるうーちゃんだったのです。


このように考えてうーちゃんは母を憐れむことをやめられない。

この考えはしかし普通に考えれば、腑に落ちないところもあって、父と母が結ばれた結果、生まれてきた子が父と母を結ばせる、というのは結果が原因でこのような結果を生んだ、みたいな訳のわからないことになってしまう。

しかし、そここそがこの小説を、よく見る母子関係の筋書、と違った迫力あるものにしていると言える。

そしてそれは女性の身体の仕組み、生殖の仕組みにもつながって、どうしようもない生き物として、生類《しょうるい》の哀しみ、みたいなことにもなる。

その際、犬のホロの姿がところどころで切なく浮かび上がってくる。

うーちゃんはそれを解決すべく、ある目的を持って旅に出るのである。

その行動の根底にあるのは右に見たような、うーちゃんの考えであるが、それはもはや、考え、というものを遥かに超え、苦痛の中で人間がいつもすることすなわち信仰で、うーちゃんはその信仰に基づいて旅に出て問題の解決を図るのである。

というところがこの小説の肝というか、独自で、そらおそろしいような凄みに溢れている部分であると私は思う。

そしてその信仰の中核に、苦しみから逃れるためにはもっとも不幸な者であらねばならない、というものがある。それは逆から言うと、もっとも不幸であれば救われる、ということになる。なぜかというと自分がもっとも不幸であるということを信じれば、その信によって人間は救われるからである。

と同時に、自分がもっとも幸福である、と信じることによっても人間は救われる。うーちゃんは、不幸の信による救済を従姉妹である明子の、強い目、に見、幸福の信を、電車の中の、あかぼう＝乳児、の黒い目、の中に見て、そしてそのいずれにも敗北したと感じる。

自分はそのような信にいまだ至っていないと感じるのである。

それはうーちゃんが、ＳＮＳに擬似的な救いを求め、一時的に痛みを緩和してしまうようなことをして、信心が足りない、からである。

そしてその旅の目的とは、母を産み直すことである。狂い、これから、見捨てられた田舎町のように老いて、孤独と絶望の中で死んでいく母をもう一度、産み直すことによって、穢れてしまった母を無垢な、えんじょおさん＝エンジェル、の状態にして、その母を慈しみ、また、慈しまれることによって母と娘を同時に救済することを目指すのである。

そんなことができると、うーちゃんが考えられるのは勿論、さきほど見た、原因と結果の逆転が既にうーちゃんの中に信仰として存在しているからである。

というようなことを今、私が説明したような文章で書いたところで、なんの説得力もない。しかし、それを観念としてでなく、血と肉と骨のレベルで描き出したのは、執筆時はまだ十代であっただろうと思われる作者の途轍もない文章の力である。

それはもはや魔力と言ってよいように私は思う。

その文章についても少しだけ触れておかなければならない。

この小説の語りは、おまい、すなわち、弟・みっくんに向けられたものであるが、その、おまい、というのは幼児語の一種であると思われる「かか弁」で、それは「ありがとさんすん」（ありがとう）、「まいみーすもーす」（おやすみなさい）といった日常の語彙をカバーしている。

小学校を卒業するまではこの言葉を使っていた語り手は一定の距離をもってこの語を見ているが、語りが同じく「かか弁」を使っていた弟に向けられているためか、地の文にも、かか弁と方言が使われ、語りに不穏で切迫した説得力を与えている。そしてその底流にずっと悲哀の調子が流れているのは、古い芸能の語りも聯想《れんそう》させられる。

それは作品のちょっとしたスパイスといったものではなく、右に見た、原因の結果が原因となる、ような因果の逆流の如き作品の主題と反響して、この語りがあって初めてこの内容が生まれてきたのであり、それと同時に、この内容はどうあってもこの語りでないと成立しない、と思わせる、必然的な文体である。

人の孤独、という現代的な主題を取りあげたこの作品は、今後、時の流れの中に底光りしてあり続けるだろう。そしてそれほどの作品が書けたのは、この作者の強靭なる魂、直ぐなる心、であると私は思う。

（作家）

本書は二〇一九年一一月、小社より単行本として刊行されました。

かか

二〇二二年 四 月三〇日 初版発行
二〇二二年 五 月三〇日 2刷発行

著 者 宇佐見《うさみ》りん
発行者 小野寺優
発行所 株式会社河出書房新社
〒一五一 - 〇〇五一
東京都渋谷区千駄ヶ谷二 - 三二 - 二
電話〇三 - 三四〇四 - 八六一一（編集）
〇三 - 三四〇四 - 一二〇一（営業）
https://www.kawade.co.jp/

ロゴ・表紙デザイン 粟津潔
本文フォーマット 佐々木暁
本文組版 KAWADE DTP WORKS
印刷・製本 中央精版印刷株式会社

Printed in Japan ISBN978-4-309-41880-3